Alfred Sous · Bernhard Winterbach

Herbst 1944. Im zerbombten Köln beginnt die Liebe zwischen Bernhard und Hanna. Dieser Liebe folgt der Autor bis ins Jahr 1958. Dazwischen liegen die letzten Kriegsmonate an der Ostfront und Jahre russischer Kriegsgefangenschaft, dann die ersten Versuche eines jungen Menschen, im neuen Deutschland wieder Fuß zu fassen. Dazwischen liegen Verzweiflung und Hoffnung. Die Hoffnung überwiegt.

Alfred Sous erzählt in seinem autobiographischen Roman das, was alle, die es nicht erlebt haben, sich nicht vorstellen können. Aber er erzählt es so, dass wir hier – im Lesen – daran teilhaben. Er beschreibt Tod, Gewalt und Not aus der Perspektive eines sehr jungen Mannes, der darüber erwachsen wird, er beschreibt all dies sachlich und doch an keiner Stelle emotionslos. Und er erzählt gleichzeitig eine ganz individuelle, eine ungewöhnliche Geschichte, bestimmt von Freundschaft und Liebe – und immer wieder von Musik.

Alfred Sous, selbst Angehöriger des Jahrganges 1925, studierte Musik, arbeitete viele Jahre mit bedeutenden Orchestern und Institutionen zusammen und veröffentlichte mehrere Bücher – u.a. eine Geschichte des Bayreuther Festspielorchesters. Er lebt in München und in La Mairena in Südspanien.

Alfred Sous

Bernhard Winterbach
Jahrgang 1925
Staatsangehörigkeit deutsch

Oktober 2002
© 2002 Alfred Sous
Satz und Layout: Buch & medi@ GmbH, München
Umschlaggestaltung: Kay Fretwurst, Spreeau
Herstellung: Books on Demand, Norderstedt
Printed in Germany
ISBN 3-8311-4305-6

———

1

———

Die Geschichte begann zu einer Zeit, als viele Geschichten endeten – im Herbst 1944 in Deutschland. Hanna war zu dieser Zeit ein junges Mädchen von neunzehn Jahren. Ihr Vater war gleich zu Beginn des Krieges, im September 1939, in Polen gefallen, und ihre Mutter, eine durch die Heirat mit Hannas Vater naturalisierte Engländerin, war bei einem der vielen Luftangriffe auf Köln in den Trümmern ihres Hauses ums Leben gekommen. Jetzt lebte Hanna am Rande einer kleinen Stadt südlich von Köln bei der Schwester ihres Vaters.

Das alles beherrschende Gefühl der Menschen in dieser Endphase eines fürchterlichen Krieges war das der totalen Ungewissheit. Nie wusste man, was die nächsten Tage, die nächsten Stunden oder gar die nächsten Minuten bringen würden. Zerbombte, verbrannte Häuser und zerstörte Straßen gehörten ebenso zur Normalität wie die zusammengebrochene Strom- und Wasserversorgung. Der tägliche Gang mit Eimern und Kannen zum nächsten, noch funktionierenden Hydranten oder zu einem der wenigen Brunnen, die einst in Gärten zum Vergnügen angelegt worden waren und jetzt eine lebenswichtige Funktion erhalten hatten, war schon fast so etwas wie ein gesellschaftliches Ereignis, wobei man miteinander plauderte, Neuigkeiten und Gerüchte austauschte und die spärlich eintreffenden Feldpostbriefe der Männer, Söhne oder Brüder diskutierte. Es war eine qualvolle Zeit, in der die Menschen zwischen Hoffen und Verzweifeln hin und hergerissen wurden.

Aber dennoch gab es geradezu rührende Zeichen von Überlebenswillen, von Aktivitäten, die man als ebenso mutig wie naiv bezeichnen könnte. Dazu gehörte auch der Versuch eines alten, pensionierten Lehrers, der sich um das kulturelle Leben in der kleinen Stadt kümmerte. Er hatte einen Kulturverein gegründet und veranstaltete Konzerte, Kunstausstellungen und Dichterlesungen. Für ihn war die katastrophale Lage in den letzten Monaten des Krieges kein Grund, seine Arbeit aufzugeben. Unbekümmert von all den schlimmen Ereignissen versuchte er, auch jetzt noch Konzerte zu veranstalten. Das wurde natürlich immer schwieriger. Es standen kaum noch Künstler zur Verfügung. Selbst eine Reise von nur wenigen Kilometern war oft ein unüberbrückbares Hindernis, weil es kaum noch Verkehrsmittel für die Zivilbevölkerung gab. Wenn solche Hindernisse dann doch einmal überwunden werden konnten, machte nicht selten ein Fliegeralarm oder gar ein Bombenangriff den so mühsam arrangierten Plan zunichte. Aber der Lehrer ließ sich dadurch nicht beirren und versuchte es immer wieder. Manchmal sogar mit Erfolg.

So wurde denn auch eines Tages der Klavierabend eines jungen Pianisten angekündigt. Sein Name war Bernhard Winterbach. Er studierte zwar noch, hatte aber schon einige Erfolge als Solist gehabt und wohnte zudem auch ganz in der Nähe, so dass es keine Reiseprobleme gab. Tatsächlich konnte das Konzert in der Aula des Gymnasiums, die wie durch ein Wunder noch nicht durch Bomben zerstört war, stattfinden. Wegen der nach Einbruch der Dunkelheit zu erwartenden Bombenangriffe wurde der Termin auf den Nachmittag gelegt.

Es ist heutzutage nur noch schwer vorstellbar, welche Bedeutung ein solches Konzert in einer Welt hatte, die von Terror, Leid und Tod bestimmt war, wo die Menschen aufgesogen wurden von einem Strom des Verderbens, dem die meisten nicht mehr entfliehen konnten. In dieser Situation eine Klaviersonate von Mozart zu hören, war ein Erlebnis zwischen Perversität und Beglückung, ein geradezu die Seele aufwühlendes Ereignis.

Wie so oft, wurde auch dieses Konzert, diese Illusion einer Normalität schnell wieder zerstört – kurz vor Beendigung der Veranstaltung ertönten die Alarmsirenen und alle Konzertbesucher mussten den Luftschutzkeller der Schule aufsuchen. Natürlich auch der Pianist Bernhard Winterbach.

Und dort, in einer düsteren Ecke, auf einer primitiven Holzbank sitzend, führte der Zufall Hanna und Bernhard zum ersten Mal zusammen. Eine ganze Zeit lang saßen sie schweigend nebeneinander und horchten auf die Geräusche, die von außen in den Keller drangen – Motorenlärm der Flugzeuge, Bombeneinschläge, Feuerwehrsirenen. Die Leute in dem nur von Kerzenlicht schwach beleuchteten Keller sprachen kaum. Die Angst machte sie stumm.

Dann begann Bernhard zu reden. Leise, fast flüsternd. Ganz ohne konkreten Anlass sprach er von seiner Arbeit, erzählte von seinen Plänen in einer Art, die Hanna in Erstaunen versetzte. Er schien gar nicht zu realisieren, in welcher Zeit er lebte. Für ihn waren alle momentanen Schwierigkeiten nur vorrübergehende Randprobleme, durch die er sich nicht aus seiner Welt vertreiben lassen wollte. Sein Denken und Reden verwunderten Hanna so sehr, dass sie nichts darauf erwidern konnte. Ihrer Meinung nach war er entweder ein Ignorant oder ein Genie, ein Egoist oder ein naiver Künstler, oder vielleicht auch alles zusammen. Aber sie fand ihn sympathisch, auf eine rührende Art und Weise sympathisch. Als die Einschläge der Bomben immer näher kamen und schließlich sogar die Schule oder aber die unmittelbare Umgebung getroffen wurde, als die Erde bebte und das Prasseln zusammenstürzender Mauern das Schlimmste befürchten ließ, als die Mütter ihre vor Angst schreienden Kinder zu beruhigen versuchten obwohl sie ihre eigene Panik kaum beherrschen konnten, schmiegte Hanna sich ängstlich an Bernhard. Er nahm sie in seine Arme und drückte sie fest an sich. »Es ist bald vorbei«, versuchte er sie zu beruhigen. »Uns wird nichts geschehen, der Keller ist stabil. Bald können wir wieder hinausgehen.«

Trotz der lebensbedrohenden Situation, in der sie sich befanden, fühlte Hanna sich in der Nähe dieses jungen Mannes geborgen. Ihre Angst verflog. Sie schloss die Augen und hatte plötzlich gar nicht mehr den Wunsch, diesen Zustand zu ändern.

Als der Fliegeralarm beendet war, die Menschen den Luftschutzkeller wieder verlassen konnten und Hanna den Heimweg eingeschlagen hatte, begleitete Bernhard sie ganz selbstverständlich. Es war ihr angenehm, jetzt nicht alleine durch die zerstörte Stadt gehen zu müssen. Brennenden und qualmenden Ruinen mussten sie ausweichen und mehrere große Umwege machen, bis sie den Außenbezirk erreicht hatten wo Hanna wohnte. Dieses Stadtviertel war nicht das Ziel des Angriffs gewesen und Hanna war sehr erleichtert, als sie das unbeschädigte Haus ihrer Tante sah.

»Hier wohne ich«, sagte sie und lief die wenigen Stufen zur Haustür hinauf.

»Würdest du mir bitte deinen Namen sagen?« bat Bernhard sie.

Sie blieb stehen und sah ihn an: »Ich heiße Hanna. Hanna Merten.«

»Darf ich dich wieder sehen?«

»Ja, warum nicht?«

»Morgen?«, fragte er.

»Um drei Uhr!« rief sie ihm zu und ging ins Haus.

Pünktlich zur verabredeten Zeit holte Bernhard sie am nächsten Tag ab. Es war ein klarer, sonniger Herbsttag. Der Weg führte am Rhein entlang. Bernhard schien etwas befangen zu sein. Er sprach wenig.

Dann hatten sie seine Wohnung erreicht. Es war ein großes Zimmer im Erdgeschoss eines alten Hauses, etwas außerhalb der Stadt. Mitten im Raum stand ein großer Flügel. »Das einzige, was mir hier gehört«, sagte er und strich mit seinen Händen zärtlich über den Deckel. »Meine Vermieterin ist eine alte Dame, die Musik sehr liebt und sich durch mein stundenlanges Üben nicht gestört fühlt.«

Sie zogen ihre Mäntel aus. Bernhard hängte sie an einen Garderobenständer, der nahe der Tür stand und fast den ganzen Eingang versperrte. Dann hantierte er in einer kleinen Kochnische mit einem Spirituskocher und machte Kaffee.

»Das riecht ja nach richtigem Bohnenkaffee«, sagte sie überrascht.

»Es ist richtiger Bohnenkaffee«, antwortete Bernhard und lächelte. Das war in der damaligen Zeit eine Rarität.

Bernhard hatte vorher schon den Tisch gedeckt und bald saßen sie beisammen und tranken den richtigen Bohnenkaffee.

»Woher hast du denn diese Köstlichkeit?« fragte Hanna und schlürfte genüsslich das Getränk.

»Von der Mutter einer Schülerin. Sie hat da wohl irgendwelche Beziehungen. Ich habe nicht danach gefragt.«

Sie waren beide ziemlich schüchtern. Die Unterhaltung schleppte sich mühsam dahin. Sie redeten wie zwei Menschen, die der deutschen Sprache nicht ganz mächtig sind und mühsam nach Worten suchen müssen. Schließlich fragte er sie, ob er ihr etwas vorspielen dürfe. Freudig bejahte sie seine Frage. Er setzte sich an den Flügel und spielte.

Dann geschah etwas Sonderbares. Sie wurde von der Musik umschlungen, abgeschirmt von allen Äußerlichkeiten. Die Gegenwart war nichts anderes mehr als dieses Zimmer, dieser Mann und diese Musik. Alles andere verblasste, trat nicht nur in den Hintergrund sondern war gar nicht mehr vorhanden. Hanna hatte jedes Zeitgefühl verloren. Sie fühlte sich frei, unbeschwert und glücklich. Auch die wieder ertönenden Luftschutzsirenen konnten die beiden nicht aus ihrer Verzauberung lösen. Sie schienen es gar nicht zu bemerken. Bernhard spielte unbekümmert weiter. Als nach einiger Zeit Bomben fielen, und sogar in ziemlicher Nähe, beachteten sie das nicht. Es war, als würde alles um sie herum unwirklich – der große Raum mit der niedrigen Decke, die alten, stillos zusammengestellten Möbel, das Dröhnen der Flugzeugmotoren und das wütende bellen der Flakgeschütze. Hanna wurde hinaufgetragen in eine scheinbare Wirklichkeit, die heil, weich und friedlich war, die Schutz bot vor Unbill, unerreichbar für Streit und Krieg und Leid und Tod. Sie hörte die Klänge des Flügels, sah Bernhard, dessen Gesichtsausdruck nichts mit all dem zu tun hatte, was draußen geschah, der sich in einer Welt bewegte, die ihn unverletzlich zu machen schien, der durch seine Musik die Kraft hatte, Hanna so zu verzaubern, dass sie keinen Gedanken an die bedrückende Gegenwart verschwenden konnte.

Als Bernhard endlich aufhörte, war es dunkel geworden. Die Flugzeuge hatten ihren Angriff beendet. Man hörte in der Ferne noch einige Feuerwehrsirenen. Sonst war es still. Unheimlich still. So, als ob der Moloch Krieg sich verausgabt habe und nun verschnaufen müsse, um für das nächste Unheil Kräfte zu sammeln. Bernhard saß wie ein dunkler Schatten an seinem Flügel. Unbeweglich. Ein Zauberer, dem man seinen Zauberstab genommen hat und der jetzt, sich seiner Ohnmacht bewusst, traurig und stumm da sitzt. Niemals zuvor hatte Hanna einen derart irrealen Zustand erlebt. Es war ihr unmöglich, jetzt in irgend einer Weise zu reagieren.

So saßen sie schweigend in dem dunklen Zimmer. Jeder für sich allein und doch verbunden durch ein wundervolles, gemeinsames Erlebnis.

Hanna fand erst wieder in die Realität zurück, als sie auf dem Heimweg war und ein starker Wind ihr die kühle Luft ins Gesicht wehte und sie zurückversetzte in die Welt der Ruinen, des Hungers, der Angst und der zerstörten Hoffnungen.

Zwei Tage später stand Bernhard wieder vor ihrem Haus. Als Hanna die Tür öffnete, sagte er nur: »Ich möchte dich abholen. Hast du Zeit für mich?«

Hanna war so überrascht, dass sie zunächst kein Wort hervorbrachte. Als er ihr Zögern bemerkte, sagte er: »Ich verstehe. Natürlich komme ich ungelegen, entschuldige bitte. Ich hätte vorher fragen sollen.« Er machte Anstalten, sich wieder zu entfernen.

»Nein, warte doch«, sagte sie. »Ich bin nur etwas überrascht.« Sie stand da und wusste nicht, wie sie jetzt reagieren solle, spürte ein Verlangen nach diesem Mann und das Aufwallen von Gefühlen, die ihr bisher unbekannt gewesen waren. Kaum war sie in er Lage, einen klaren Gedanken zu fassen. War es sein Klavierspiel, sein schönes und immer etwas trauriges Gesicht oder seine Schüchternheit, wodurch sie so verwirrt wurde? War es lediglich die Überraschung, dass es doch noch etwas anderes gab als die Sorgen um das tägliche Brot, als die Angst vor den Bombenangriffen, als die Ungewissheit über das Schicksal von Angehörigen und Freunden? Oder war es einfach die Freude darüber, dass sich in dieser schlimmen Zeit ein junger Mann für sie interessierte? Dieser Mann war in diesem Augenblick mehr für sie als nur ein Freund. Dieser Träumer, der über den Dingen zu stehen schien, der sich in einer scheinbar unabhängigen Welt bewegte, der in der Lage war, all das zu ignorieren, was das Leben der Menschen in dieser Kriegszeit beherrschte, der zudem auch noch die stille Kraft hatte, sie mit seinen Gedanken zu verwandeln – dieser Mann war für Hanna das Leben, die Freude, die Hoffnung. Hanna war diesem jungen, schmächtigen, in einer ganz besonderen Art hilflosen und doch so starken, großen Jungen verfallen. Es war ihr, als ob sie von ihm aus einem Inferno herausgezogen würde in ein Land voller Sonne, voller Wärme, voller Liebe und voller Frieden. Ohne ein Wort zu sagen lief sie schnell in den Flur des Hauses zurück, nahm ihren Mantel von der Garderobe und rief ihrer Tante im Hinausgehen zu: »Ich mache einen kleinen Spaziergang.«

Der Weg führte sie wieder am Rhein vorbei. Sie gingen brav nebeneinander. Er machte gar nicht den Versuch, sich bei ihr einzuhängen, und sie getraute sich auch nicht, ihn anzufassen, aber es war für beide ganz selbstverständlich, wieder in sein möbliertes Zimmer zu gehen. Dort angekommen, nahm er wieder ihren Mantel und hängte ihn an den alten Garderobenständer, der eigentlich gar nicht in den engen Eingangsflur hineinpasste.

Während des ganzen Weges hatten sie kein Wort miteinander gesprochen und sie erschrak fast, als er jetzt sagte: »Hättest du gerne eine Tasse Kaffee? Ich habe noch einen Rest von vorgestern. Soll ich ihn kochen?«

»Ja, gerne«, antwortete sie. Er hantierte wieder in seiner Kochnische wie zwei Tage zuvor auch.

Sie stand immer noch neben dem Garderobenständer. »Setz dich doch«, sagte er, während er sich mit seinem Spirituskocher beschäftigte. »Ich bin gleich fertig.«

Sie setzte sich an den Tisch und wartete. Dann brachte er zwei Tassen sowie die Kanne mit Kaffee und schenkte ein. Als sie den ersten Schluck getrunken hatte fragte sie ihn, ob er ihr heute wieder etwas vorspielen wolle. Er schüttelte den Kopf und sagte: »Nein!«

Sie war verblüfft. Es war für sie ganz selbstverständlich gewesen, dass er sich bald an den Flügel setzen würde um zu spielen. Ungläubig fragte sie: »Nein?«

»Nein«, sagte er noch einmal. Es war eine ganz eigenartige Situation. Sie musste sich sehr überwinden um zu fragen: »Warum denn nicht?«

»Ich werde jetzt nicht mehr Klavier spielen.«

»Was soll das heißen?«

Er stand auf, ging ein paar Schritte ins Zimmer, lehnte sich an den Flügel und sagte: »Das ist doch ganz einfach – ich werde jetzt nicht mehr Klavier spielen.«

Ihr fiel nichts Besseres ein, als zu wiederholen: »So, du wirst jetzt nicht mehr Klavier spielen.« Und nach einer Weile: »Auch nicht, wenn ich dich sehr darum bitte?«

»Auch dann nicht.«

»Was ist denn nur geschehen?«

Bernhard stellte sich vor das Fenster und blickte hinaus auf die Straße. Es war inzwischen dunkel geworden. Wegen der Verdunklungsvorschriften brannten keine Straßenlaternen. Auch im Zimmer hatten sie noch kein Licht gemacht. Er stand da, wandte ihr den Rücken zu und sagte schließlich: »Ich muss Soldat werden.«

Sie erschrak. Daran hatte sie nun überhaupt nicht gedacht, obwohl es doch so nahe liegend war. »Du hast einen Einberufungsbefehl bekommen?«

»Ja, so ist es.«

»Wann musst du fort?« fragte sie leise.

Er antwortete ebenso leise: »Übermorgen.«

Es war etwas in dieser Zeit ganz Alltägliches geschehen, doch empfand Hanna es als ein geradezu ungeheuerliches Ereignis. Sie war total verwirrt. Sowohl von dem was sie dachte und fühlte, als auch von der doch so selbstverständlichen Tatsache, dass Bernhard ein Mensch war wie viele andere auch, dass seine Künstlerschaft ihn nicht vor all dem bewahren konnte, was er bisher geradezu bravourös ignoriert hatte. Bernhard, der immer noch still und unbeweglich am Fenster stand und in die Dunkelheit hinausstarrte, stürzte in ihren Gedanken aus einem Olymp hernieder in die Welt der damaligen Normalität.

Sie stand auf und trat zu ihm ans Fenster. Eine ganze Zeit lang blickten sie gemeinsam hinaus auf die dunkle Straße und schwiegen. Dann drehte er sich langsam zu ihr um und nahm ihren Kopf in seine Hände. Sie waren weich und warm.

So standen sie scheinbar still und ruhig, aber in ihnen wuchs das Verlangen nacheinander und ohne dass es ihm bewusst wurde, verlor Bernhard unter dem Zwang der Ereignisse seine Hemmungen, seine Schüchternheit. Er geriet in eine ihm bis dahin unbekannte Welt des Verlangens und der Begierden. Plötzlich umarmte er stürmisch die Frau und begann sie wild und leidenschaftlich zu küssen. Hanna war zwar zunächst überrascht, doch ergab sie sich gerne seinem immer stürmischer werdenden Drängen. So taumelten sie durch das Chaos ihrer Gefühle und ergaben sich der unwiderstehlichen Gewalt der Liebe, wurden aus der Finsternis in eine wunderbare Welt geführt, die nur in ihnen und in ihrem Miteinander existierte, die aber stark genug war, um die bedrückende Realität vergessen zu lassen. Ihnen wurde für kurze Zeit ein großes, alles beherrschendes Glück geschenkt ...

Sie lagen nebeneinander und schwiegen, hatten jenen Zustand der völligen Harmonie erreicht, den man nur nach einer körperlichen und seelischen Vereinigung empfinden kann, wo die Glieder schwer geworden sind vor Glück und Erschöpfung, wo man noch keine Worte findet, weil es in diesem Reich der ungetrübten Freude keine Sprache gibt.

Nach einer langen Zeit erhob Bernhard sich und stieg aus dem Bett. »Warum gehst du?« fragte sie ängstlich.

»Ich werde ein wenig Licht machen.«

»Es ist doch so schön im Dunkeln. Komm wieder zu mir, bitte!«

Bernhard hörte nicht auf sie und zündete fünf Kerzen an, die in einem silbernen Kerzenständer steckten, der auf einem kleinen Tisch neben dem Fenster stand. Dann kam er zurück und schmiegte sich wieder an sie. Hanna hatte die Augen geschlossen. »Sieh mich an!« bat er. Sie schüttelte den Kopf und fragte: »Warum hast du Licht gemacht?«

»Weil ich dich sehen will. Ich will ein Bild von dir in mein Gehirn einbrennen, damit ich es immer anschauen kann, wenn ich nicht bei dir bin.«

Sie presste sich an ihn, küsste sein Gesicht, seinen Hals, seinen Körper, und sie spürte ein unbändiges Verlangen nach diesem Mann. Zum ersten Mal erlebte sie das Gefühl der bedingungslosen Zusammengehörigkeit. Der Gedanke an die bevorstehende Trennung erschütterte sie mehr als alle Schicksalsschläge der letzten Zeit. Ein neuer Lebensabschnitt hatte begonnen, eine neue Erfahrung hatte sie gemacht, ein Erlebnis war ihr zuteil geworden, das doch eigentlich Anlass für grenzenlose Freude sein sollte. Doch diese Freude, dieses Glück wurde durch die aktuellen Ereignisse zugleich in tiefstes Leid verwandelt.

Da pochte es an der Haustür. Mehrmals. Erschrocken richteten sie sich auf und blickten sich fragend an. »Öffnen Sie bitte!« hörten sie eine energische Männerstimme. Bernhard verließ das Bett, zog seinen Morgenmantel über und öffnete die Tür. Hanna hatte sich wieder zurückgelehnt und die Decke bis zum Hals hochgezogen. Draußen standen zwei Polizeibeamte.

»Aus Ihrer Wohnung scheint Licht auf die Straße«, sagte einer der Beamten. »Sie müssen Ihr Fenster besser verdunkeln.« Ohne dass Bernhard sie dazu aufgefordert hätte, betraten sie das Zimmer und gingen zum Fenster. »Hier, sehen Sie!« sprach der Beamte zu Bernhard, »so locken Sie ja geradezu die feindlichen Bomber an. Sie müssen doch wissen, wie gefährlich das ist.« Er sprach zwar in einem vorwurfsvollen Ton, aber nicht unfreundlich. Dann war er Bernhard sogar dabei behilflich, die unzureichende Verdunklung in Ordnung zu bringen, so dass kein Licht mehr nach außen dringen konnte. Dann erst schienen die ungebetenen Besucher Hanna zu bemerken, die verschüchtert im Bett lag und sich nicht rührte. Die beiden Beamten sahen sich lächelnd an und einer sagte: »Wir wünschen noch einen schönen Abend.« Dann verließen sie das Zimmer. Bernhard ging mit ihnen, um sich von außen davon zu überzeugen, dass nun kein Licht mehr zu sehen war. »Jetzt ist es in Ordnung«, sagte der Beamte, tippte mit den Fingern der rechten Hand an seine Mütze und die Polizisten setzten ihren Kontrollgang fort.

Als Bernhard wieder ins Zimmer trat, hatte Hanna das Bett verlassen und war dabei, ihre Kleider anzuziehen. Als sie seinen erstaunten Blick sah sagte sie: »Ich muss jetzt gehen.«

»Aber warum denn? Es ist doch noch früh am Abend.«

»Ich muss gehen.«

Bernhard stand da und beobachtete, wie sie sich mit geradezu hektischen Bewegungen anzog. Das Verhalten Hannas stand in so krassem Gegensatz zu den Erlebnissen der letzten Stunde, dass er ihre Reaktion nicht verstehen konnte. Wie erstarrt stand er da und beobachtete die ihm unbegreiflichen Aktivitäten Hannas. Erst als sie zum Garderobenständer ging um ihren Mantel zu nehmen, trat er zu ihr, nahm ihr den Mantel aus der Hand, warf ihn auf das Bett und nahm Hanna in seine Arme. »Was hast du denn?« flüsterte er ihr ins Ohr. »Du kannst doch jetzt nicht einfach weg laufen. Was ist denn geschehen?«

Statt einer Antwort drückte sie sich an ihn und weinte. Bernhard versuchte, sie mit ungeschickten Worten zu beruhigen, streichelte sie, versuchte sie zu küssen, was sie aber verhinderte, führte sie schließlich zu einem Stuhl, wo sie sich hinsetzte. »Hast du, bitte, ein Taschentuch?« fragte sie schluchzend. Er ging an eine Kommode, nahm das Gewünschte und gab es ihr. Sie trocknete ihre Tränen, während Bernhard unschlüssig vor ihr stand und nicht wusste, wie er sich nun verhalten solle.

»Wir dürfen uns nichts vormachen«, stammelte sie. »Es war ein schöner Traum. Ein sehr schöner Traum. Jetzt ist er zu Ende. Die zwei Polizisten, die Verdunklung, die Luftschutzsirenen, die Bomben, die Angst vor dem Krieg – das ist die Realität, das ist unser Leben. Wir können nicht aus dieser Welt ausbrechen. Wir gehören dazu. Es ist kein Platz für ein noch so bescheidenes Glück. Heute habe ich erfahren, wie es sein könnte und auch, wie es nicht sein kann.«

Sie erhob sich von ihrem Stuhl, stand nun ganz dicht vor Bernhard, der immer noch nicht wusste wie ihm geschah und kein Wort erwiderte, und sagte weiter: »Ich wünsche dir alles

Gute. Benutze deine ganze Kraft, um irgendwie die Katastrophe zu überleben. Wir waren eine kurze Zeit glücklich miteinander. Das war schon mehr als den meisten Menschen heute beschieden ist.«

Sie ging zum Bett, nahm ihren Mantel und zog ihn an. Bernhard stand immer noch wie gelähmt daneben ohne ihr zu helfen. Dann verließ sie schnell das Zimmer.

2

Es geschah am 17. März 1945. Sie waren erst wenige Monate bei der Wehrmacht, bei der Infanterie. Schon während der nur mehrwöchigen Grundausbildung hatte Bernhard sich mit ihm angefreundet. Sein Name war Josef Oberhuber. Wie der Name schon vermuten lässt, kam er aus Bayern, aus Neumarkt in der Oberpfalz, aus einer sehr gebildeten Familie. Sein Vater war Studienrat am dortigen Gymnasium, und seine Mutter hatte bis zu ihrer Verheiratung dem Regensburger Opernchor angehört. Josef war das einzige Kind der beiden. Schon sehr früh wurde seine musikalische Begabung von den Eltern erkannt und gefördert. Da er auch bis zu seinem Stimmbruch über eine sehr schöne Sopranstimme verfügte, schickten seine Eltern ihn zu den Regensburger Domspatzen. Er macht dort ein gutes Abitur, begann dann ein Musikstudium an der Münchener Musikhochschule, das er aber nach dem dritten Semester abbrach, weil er Soldat werden musste.

Nirgendwo hätte er sich unwohler fühlen können als während dieser Kriegszeit bei den Soldaten. Er, der auch Pianist werden wollte, war ein großer, sensibler Junge, der während der militärischen Ausbildung Angst davor hatte, mit einem Gewehr zu schießen, der bei seinem ersten scharfen Übungsschuss vom Rückstoß der Waffe so überrascht wurde, dass er sie zu Boden fallen ließ, was ihm nicht nur den Spott der Kameraden, sondern auch die Missgunst seiner Vorgesetzten eintrug.

Bernhard hingegen war zwar auch ein sehr empfindsamer Mensch, dennoch aber stark genug, um sich unvermeidlichen Situationen anpassen zu können. Er hatte sofort eine Zuneigung zu diesem jungen Mann gefasst und half ihm, so gut er konnte. Den aufmunternden Reden ihrer Vorgesetzten und der

NSFO, der nationalsozialistischen Führungsoffiziere, die immer noch von einer baldigen Wende des Kriegsglückes und von dem so genannten Endsieg faselten, schenkten sie schon längst keinen Glauben mehr. Wann immer sich Gelegenheit bot, saßen sie zusammen und redeten von ihren Zukunftsplänen, philosophierten über Musik, Theater, Schriftstellerei und Bildende Kunst und versuchten, sich gegenseitig über die schlimme Zeit hinwegzuhelfen.

Nach einer nur kurzen Ausbildungszeit schickte man sie an die zurückflutende Ostfront. Als »das letzte Aufgebot« wurden sie dort von den älteren Soldaten scherzhaft-makaber begrüßt. Bernhard und Josef waren auch jetzt fast unzertrennlich und benutzten jede Gelegenheit, um in Gedanken und Gesprächen von einer anderen Welt zu träumen. Bis zu jenem verhängnisvollen 17. März 1945.

Sie waren in eine Hölle aus Feuer, Lärm und Tod geraten, in ein Inferno, wo sich alles bewegte, wo die Erde zerbrach und Menschen, Tiere und Waffen sich mit Eisen- und Feuerfontänen vermischten, wo die dumpfen und trockenen Schläge und das Krachen der herniederprasselnden Bomben, das Pfeifen und Heulen der Kugeln und Granaten eine grausame Schallorgie erzeugten. Es gab weder Licht noch Dunkelheit, weder oben noch unten, nur Leben und Tod und instinktive Reaktionen – Verkriechen in Granattrichtern, in den Trümmern zusammengebrochener Häuser, zwischen gefallenen Soldaten und toten Tieren und in Schlammlöchern. Längst gab es keine Befehle mehr, keine Führung, keine Orientierung.

Josef lag bewegungslos, mit schreckverzerrtem Gesicht auf der Erde. Wie durch ein Wunder unverletzt, aber auch unfähig, irgendetwas zu tun. Er lag da gleich einem Wesen aus einer anderen Welt, dem das Wissen fehlt, um die Lage richtig einzuschätzen zu können. Nur mit großer Anstrengung konnte Bernhard seinen Freund dazu bewegen, ihm zu folgen und durch Schlamm und Matsch kriechend und immer wieder hinter Ruinen, Trümmern und umgestürzten Bäumen Schutz suchend irgendwohin zu laufen, ohne Ziel, nur weiter. Nach einiger Zeit wurde der Lärm leiser. Als sie an einen Fluss kamen, schwammen ihnen allerlei Trümmer entgegen – Bretter, Möbelteile, verbeulte Eimer. Dazwischen Tierkadaver, meistens verstümmelt und mit aufgedunsenen Bäuchen. Ein kleiner Holzsteg, der über den Fluss führte, war stark beschädigt. In der Mitte war er vollständig zusammengebrochen. »Was machen wir jetzt?« fragte Josef.

»Wir müssen irgendwie hinüberkommen«, antwortete Bernhard und blickte sich suchend um. »Wenn es uns gelingt«, überlegte er laut, »eines der Bretter, die in den Fluss gefallen sind, aus dem Wasser zu ziehen, dann könnten wir damit das fehlende Stück des Steges provisorisch überbrücken und hinüberbalancieren.«

»Das werden wir nicht schaffen.«

»Aber wir können es versuchen.«

Vorsichtig betraten sie den Steg und gingen langsam bis zu der zerstörten Stelle. Es gelang ihnen tatsächlich, ein Brett herauf zu ziehen und es über das fehlende Stück des Steges zu legen.

»Und jetzt?« fragte Josef.

»Jetzt werden wir versuchen, hinüber zu gehen.«

»Unmöglich!« Josef schüttelte den Kopf und wandte sich ab. »Dann können wir uns auch gleich in den Fluss stürzen. Das Brett ist nass und glitschig und morsch und ich bin kein Seiltänzer.«

»Es sind doch nur ein paar Schritte. Das können wir schaffen. Das müssen wir schaffen, wenn wir nicht den Russen in die Hände fallen wollen!«

»Dann geh du allein. Ich bleibe hier!« Er setzte sich auf den Boden, lehnte sich mit dem Rücken an einen Baum und schloss die Augen. Dann sagte er leise: »Mir ist sowieso alles egal.«

»Rede doch nicht einen solchen Blödsinn! Du willst doch nicht wegen der paar Schritte dein Leben aufs Spiel setzen.«

»Ich will überhaupt nichts mehr. Lass mich in Ruhe.«

»Nun sei vernünftig!« herrschte Bernhard ihn an. »Wir müssen weiter! Bald werden wir den Regimentsgefechtsstand erreichen und unsere Kameraden treffen. Dann haben wir es geschafft.«

Bernhard war keineswegs so sicher, wie er hier vorgab. In

Wahrheit hatte er die Orientierung vollständig verloren und hoffte nur, dass sie bald irgendwo auf deutsche Soldaten stoßen würden. Aber er musste jetzt hier »den starken Mann« spielen und versuchen, seinen Freund nicht vollständig in Apathie verfallen zu lassen. Als alles gute Zureden nichts half und Josef nicht weitergehen wollte, sagte Bernhard schließlich: »Und was soll ich Angelika berichten, wenn ich sie nach dem Krieg vielleicht irgendwo treffe? Soll ich ihr sagen, ›Josef wird wohl nicht mehr aus dem Krieg zurückkommen, weil er zu feige war, um ein paar Meter über einen Fluss zu balancieren und dadurch den Russen in die Hände gefallen ist.‹ Würde dir das gefallen?«

Angelika war Josefs Verlobte. Sie hatten sich auf der Musikhochschule in München kennen gelernt, wo sie Gesang studierte. Erst vor einer Woche, als Josef wieder einmal eine seiner depressiven Phasen hatte und fest davon überzeugt war, den Krieg nicht zu überleben, hatte er Bernhard seinen Verlobungsring anvertraut mit der Bitte, ihn nach dem Krieg seiner Braut zu geben. Nach einer längeren Diskussion, in der es Bernhard nicht gelungen war, die pessimistischen Zukunftsaussichten Josefs zu zerstreuen, hatte Bernhard schließlich den Ring angenommen und versprochen, wenn es denn notwendig werden sollte, den Wunsch Josefs zu erfüllen.

Josef erhob sich langsam und ging zu dem Steg. »Also meinetwegen«, sagte er. »Versuchen wir es. Komm!«

»Wir müssen einzeln hinübergehen«, sagte Bernhard. »Zu Zweit sind wir zu schwer und werden sicher einbrechen.«

»Dann geh du zuerst!«

»Versprich mir, dass du nachkommst«

»Wenn das Brett unter deiner Last nicht zusammengebrochen ist, dann versuche ich es auch.«

Langsam und vorsichtig schritt Bernhard über die gefährliche Stelle. Als er das andere Ufer erreicht hatte, machte er vor Freude einen kleinen Luftsprung und jubelte: »Geschafft! Es ist gar nicht so schlimm. Jetzt komm! Du wirst es auch schaffen.«

Als Josef immer noch zögerte, rief Bernhard ihm zu: »Ich komme dir entgegen, so weit es möglich ist. Nun mach schon. Es sind doch nur ein paar Meter!« Bernhard tastete sich langsam über den Steg wieder zurück bis zu dem schmalen und nassen Brett, das nun die einzige Möglichkeit bot, den Fluss zu überwinden. Er streckte Josef die Arme entgegen. »Komm jetzt endlich!«

Langsam und unsicher begann Josef den Balanceakt. »Sieh nur auf deine Füße!« rief Bernhard ihm zu. »dann ist es ganz einfach.«

Als er etwa die Hälfte geschafft hatte, stolperte er und wäre fast in den Fluss gestürzt; aber er konnte sich noch einmal fangen und überwandt dann doch die kritische Stelle.

Sehr erleichtert kletterten sie die kleine Böschung am Flussufer hinauf und setzten sich auf einen halb vermoderten und mit Moos bewachsenen Baumstamm. Josef nahm seine Feldflasche und wollte trinken; aber die Flasche war leer. »Hast du noch etwas zu trinken?« fragte er seinen Freund. »Ich habe fürchterlichen Durst.«

»Nein«, antwortete Bernhard. »Meine Flasche ist auch leer. Wir müssen warten, bis wir die Kameraden treffen. Das Wasser dieses Flusses können wir nicht trinken.«

»Ich habe aber Durst«, entgegnete Josef wie ein störrisches Kind. »Ich muss unbedingt etwas trinken!«

»Du wirst dich ja wohl noch eine halbe Stunde beherrschen können«, tadelte Bernhard ihn. Komm, wir gehen weiter!«

»Wenn ich nichts zu trinken habe, kann ich auch nicht weitergehen. Geh nur alleine. Ich bleibe hier. Es hat doch alles keinen Zweck mehr.«

»Hier wird keiner vorbeikommen und dir etwas zu trinken bringen.«

»Ich bin müde und will schlafen. Lass mich in Ruhe.« Er verließ den Baumstamm, legte sich daneben auf den Boden und schloss die Augen. Bernhard sah, dass sein Freund am Ende war. Physisch und psychisch am Ende. Um ihn etwas zu ermuntern log er: »Wir haben es bald geschafft. Ich habe schon deutsche Soldaten gehört, sie können nicht mehr weit weg sein.« Zu seiner Überraschung stand Josef tatsächlich auf. Bernhard fasste seinen linken Arm und so führte er den immer noch Widerstrebenden weiter.

Als sie nach kurzer Zeit aus dem Wald hinaustraten, traute Bernhard seinen Augen nicht – kaum dreihundert Meter entfernt sah er deutsche Soldaten! Sie standen unter einer Baumgruppe am Rand einer Straße, die sich durch unbestellte Felder schlängelte. Es waren etwa sechs oder acht Männer, die vor zwei mit Tarnfarbe bestrichenen, offenen Autos standen, so genannten Kübelwagen, wie man sie damals nannte. Einige der Männer hatten Ferngläser und beobachteten das Gelände und den Waldrand, aus dem Bernhard und Josef nun heraustraten. Vor ihnen lag eine schneenasse Wiese, ein Kaninchen trippelte erschreckt davon, schwarze Raben torkelten krächzend und scheinbar schwerfällig durch die Luft. Josef streckte freudig die Arme hoch und rief mit letzter Kraft: »Hallo!« Immer wieder: »Hallo!«

Sie stolperten mehr als sie liefen über die Wiese den deutschen Soldaten entgegen. Einige von ihnen suchten weiterhin den Waldrand ab, die anderen standen daneben und hatten ihre Gewehre im Anschlag. Als die beiden näher kamen, sahen sie in einem der Autos zwei Offiziere. Es waren ein Kriegsgerichtsrat im Range eines Majors und ein Regimentskommandeur, ein Generalmajor, was sie aber zunächst noch nicht erkannten. Bernhard wollte zu ihnen gehen, um sich formell zu melden; doch wurde er von einem der Soldaten, dessen Rangabzeichen nicht zu erkennen waren, aufgehalten. Er fragte in ziemlich rüdem Ton nach Name, Dienstgrad und Truppenteil, und warum sie ihre Kompanie verlassen hätten. Bernhard versuchte, die Situation an der Front zu schildern. Die Soldaten sahen sich vielsagend an. Dann verließ der Kriegsgerichtsrat das Auto, stellte sich vor Bernhard und fragte streng: »Wer hat Ihnen den Befehl gegeben, die Front und damit die kämpfende Truppe zu verlassen und wie lautete dieser Befehl?« Bernhard musste einräumen, keinen derartigen Befehl erhalten zu haben und erklärte, dass es gar nicht mehr möglich gewesen sei, irgend einen Befehl zu geben oder zu erhalten, weil sämtliche Kommunikationswege schon seit Stunden nicht mehr existierten und jeder auf sich alleine gestellt sei. Die meisten seiner Kameraden wären bereits gefallen und die wenigen Überlebenden könnten nichts anderes mehr tun, als sich zu verschanzen und darauf zu hoffen, das Inferno zu überleben und dann in russische Gefangenschaft zu geraten. Ein Zugführer seiner Kompanie, der Leutnant Obermann, sei zunächst noch bei ihnen gewesen, als sie sich zu retten versuchten, doch ein Granatsplitter habe ihn tödlich getroffen. Sie hätten nichts mehr für ihn tun können.

Der Kriegsgerichtsrat ging wieder zu seinem Auto zurück, setzte sich aber nicht hinein und besprach etwas mit dem General. Dann forderte er noch drei Soldaten auf, ebenfalls an der Beratung teilzunehmen, während Bernhard und Josef von zwei anderen Soldaten mit Gewehr im Anschlag bewacht wurden, nachdem man ihnen zuvor die Waffen abgenommen hatte.

Nach einer kurzen Zeit kam der Kriegsgerichtsrat zu Bernhard und Josef zurück und verkündete: »Sie haben, während Ihre Einheit mit dem Feind kämpfte, die Truppe verlassen und sind desertiert. Ich verurteile Sie deswegen zum Tod. Das Urteil wird sofort vollstreckt.«

Bernhard starrte die Soldaten an. Ungläubig. Schockiert. Er würgte geradezu die Worte heraus: »Das – nein – das dürfen Sie nicht!«

Josef hingegen schien überhaupt nichts zu begreifen. »Gebt mir etwas zu trinken«, sagte er nur. »Ich habe fürchterlichen Durst.«

Dann verlor Bernhard die Beherrschung, ging die paar Schritte auf den Offizier im Kübelwagen zu und schrie ihn an: »Nein! Das dürfen Sie nicht!«

Ein Soldat trat hinzu, gab Bernhard mit der Hand einen Schlag ins Gesicht und sagte verächtlich, wobei er ihn zurückstieß: »Halt die Schnauze!«

Bernhard gab noch nicht auf und erwiderte: »Wir haben wenigstens das Recht, vor ein Kriegsgericht gestellt zu werden.«

»Sie stehen vor einem ordnungsgemäß besetzten Standgericht, mischte sich der Generalmajor ein, ohne das Auto zu verlassen. Und zu dem Soldaten gewandt: »Herr Hauptmann, vollstrecken Sie das Urteil!«

Der legte die rechte Hand an die Mütze und erwiderte: »Ja-

wohl, Herr Generalmajor.« Dann forderte er Bernhard und
Josef auf: »Geben Sie mir Ihre Soldbücher!«

Fast willenlos folgten sie der Aufforderung. Der Hauptmann
prüfte die Papiere kurz und gab sie dann einem Kameraden, der
sich damit in ein Auto setzte und etwas in eine Liste eintrug.

Dann ging alles sehr schnell. Zwei Soldaten fassten zunächst
Josef, fesselten seine Hände auf dem Rücken, hängten ihm ein
Pappschild um den Hals mit der Aufschrift: »Ich war zu feige,
um meine Heimat zu verteidigen«, und zerrten ihn dann zu
einem Baum. Ein Kübelwagen wurde herangefahren und Josef
auf die Kühlerhaube gehoben. Dann legte ein Soldat ihm die
Schlinge um den Hals. Josef schien gar nicht zu begreifen, was
mit ihm geschah. »Gebt mir doch etwas zu trinken«, bat er, »ich
habe Durst.«

Die Soldaten reagierten gar nicht darauf. Der Fahrer des
Wagens legte den Rückwärtsgang ein und fuhr langsam an.
Josef glitt von der Kühlerhaube und baumelte an dem Ast des
Baumes. Zunächst strampelte er noch mit den Füßen, doch bald
bewegte er sich nicht mehr, pendelte nur noch wie eine Puppe
hin und her.

Inzwischen hatten die Soldaten Bernhard ebenfalls gefesselt. Alles geschah so routiniert, so selbstverständlich, dass
gar keine Zeit blieb für ohnehin sinnlose Proteste. Es war
Bernhard, als wäre er Zuschauer seines eigenen Schicksals.
Keine Panik kam auf, ja, noch nicht einmal Angst. Es war ein
Ereignis von zwingender, unausweichlicher Gewalt, das sich
mit einer brutalen Gesetzmäßigkeit vollzog, das dem ganzen
einen Anschein von Recht und Logik gab. Wie ein Lebewesen
ohne Willen und ohne Gefühl ließ er sich von den Soldaten zu
dem Kübelwagen führen, der wieder zu dem Baum vorgefahren
war. Als sie ihn, wie zuvor Josef, auf die Kühlerhaube stellen
wollten, wurde Bernhard durch Schüsse und Flugzeuggeräu-
sche aus seine Lethargie gerissen. Plötzlich war er wieder ein
Mensch, der um sein Leben kämpfte. Die Soldaten rannten pa-
nikartig auseinander, und auch Bernhard lief zu einem nahen
Gebüsch und warf sich dort auf den Boden, während russische
Tiefflieger mit Bordgeschützen und Bomben die kleine Gruppe

der deutschen Soldaten angriffen. Dann hörte er das »Urräh«-Geschrei russischer Soldaten, die aus dem Wald stürmten und wild um sich schießend auf die Straße zu liefen. Alles dauerte nur wenige Minuten.

Bernhard war unverletzt geblieben und sah aus seinem Versteck, wie die Russen die toten deutschen Soldaten und die Autos durchsuchten und dann, laut diskutierend, vor dem erhängten Josef standen und ihn schließlich abschnitten und auf den Boden legten.

Bernhard stand auf und trat aus dem Gebüsch auf die russischen Soldaten zu. Als sie ihn sahen, richteten einige sofort ihre Gewehre auf ihn und riefen in schlechtem Deutsch: »Hände hoch!« Bernhard drehte sich um und zeigte ihnen, dass er gefesselt war. Sie ließen die Waffen sinken, kamen auf ihn zu und befreiten seine Hände.

Er war der einzige Überlebende der Gruppe. Ein russischer Offizier, der ein wenig Deutsch sprechen konnte, wollte von Bernhard erfahren, was hier geschehen war. Bernhard versuchte so gut es ging, das Vorgefallenen zu erklären. Trotz der Sprachschwierigkeiten schien der russische Offizier die Situation zu begreifen und es kam zu einem ausführlichen Palaver unter den russischen Soldaten. Dann forderten sie Bernhard auf, Josef zu begraben. Er nahm aus einem der deutschen Geländewagen einen Spaten und begann auf dem Feld, etwa zehn Meter von der Straße entfernt, ein Grab zu schaufeln. Zu seiner Überraschung war ihm ein junger russischer Soldat sogar dabei behilflich.

Währenddessen inspizierten die Russen die deutschen Autos, die zwar durch den Beschuss beschädigt, aber noch fahrtüchtig waren. Sie nahmen den toten deutschen Soldaten die Waffen ab und beluden damit die Autos. Dann stiegen sie ein, forderten auch Bernhard auf ebenfalls in ein Auto zu klettern und fuhren los. Die toten deutschen Soldaten ließen sie achtlos liegen.

Als sie einige Minuten gefahren waren, schlug der Offizier mit den geringen deutschen Sprachkenntnissen Bernhard auf die Schulter und sagte: »Du Glück! Du Krieg fertig! Du jetzt Wojennoplennyi (Kriegsgefangener). Bald nach Hause!«

Als sie etwa eine halbe Stunde gefahren waren, erreichten sie ein fast völlig zerstörtes, von seinen Bewohnern verlassenes Dorf. In dem Keller eines größeren Gebäudes – es war die ehemalige Schule – hatten sich die Russen eingerichtet. Sie taten gut daran, im Keller zu kampieren, denn die Deutschen belegten das Dorf immer wieder mit Artilleriefeuer. In unregelmäßigen Abständen schossen sie zwei oder drei Granaten – manchmal auch nur eine einzige – auf das von den Russen besetzte Dorf, so dass jederzeit mit einem Einschlag gerechnet werden musste. So gelang es den Deutschen, mit nur geringem Aufwand die Russen rund um die Uhr in Alarmstimmung zu halten. Jeder Aufenthalt außerhalb des Kellers konnte zu jeder Zeit tödliche Folgen haben. Daher war auch die Hektik verständlich, mit der sie ihre Ankunft im Quartier betrieben. Bernhard, der das zunächst nicht verstand, sollte schon bald den Grund dafür erfahren – kaum waren sie in den Keller gelangt, als das Gebäude wieder von zwei Granaten getroffen wurde.

Es war ein großes Haus mit einem entsprechend großen Keller. Der Raum, den sie zunächst betraten, war ziemlich düster. Nur aus drei schmalen Kellerfenstern, die sich direkt unter der Decke befanden, drang ein wenig Licht herein. Mit der Zeit gewöhnten sich die Augen jedoch an die Düsternis und Bernhard sah einen großen, roh gezimmerten Tisch, der in der Mitte des Raumes stand. An beiden Seiten des Tisches standen Holzbänke. Bernhard schätzte, dass etwa fünfzehn Männer daran Platz nehmen konnten. Wie Bernhard später erfuhr, war es der Stützpunkt eines Spähtrupps, der die Aufgabe hatte, die sich in diesen Tagen ständig ändernde Frontlinie zu erkunden und der Truppenführung die Grundlagen für ihre Einsatzbefehle zu geben.

Die Männer redeten wild durcheinander, sprachen offensichtlich über das soeben Erlebte. Bernhard war sicher, in ihren Erzählungen eine Rolle zu spielen, denn immer wieder blickten sie zu ihm herüber, ließen ihn aber sonst in Ruhe. Sie hielten es offensichtlich nicht für notwendig, ihn extra zu bewachen, da sie wohl zu recht annahmen, ihr Gefangener werde eine Flucht unter den gegebenen Umständen für sinnlos halten.

Plötzlich verstummte das Gespräch und zwei oder drei Soldaten eilten hinaus. Bernhard sah durch die geöffnete Kellertür
wie oben, vor der Kellertreppe, ein Panjewagen hielt. »Panjewagen« waren in Russland kleine Fahrzeuge, meist vierrädrig,
die von einem »Panjepferd« gezogen wurden. Daher der Name.
(Panjepferde sind in Osteuropa weit verbreitete, mittelgroße,
genügsame Landpferde. Auch die deutsche Wehrmacht benutzte oft diese Tiere.) Das Gefährt wurde, wie Bernhard zu
bemerken glaubte, mit großer Freude erwartet. Bald wusste
er auch warum: es brachte die Verpflegung! Mit fröhlichem
Geplapper wurden große Töpfe mit »Kascha« auf den Tisch gestellt. So nannten die Russen eine Art Hirsebrei. Die Soldaten
nahmen ihre Blechnäpfe, die sie immer bei sich trugen, und
füllten sie. Bernhard wurde durch Gesten aufgefordert, ebenfalls Platz zu nehmen. Sie gaben ihm auch einen Blechnapf mit
»Kascha«, den er mit großem Appetit leerte. Erst jetzt bemerkte
er, wie hungrig er war, denn er hatte an diesem Tag bisher noch
nichts gegessen.

Es war für Bernhard eine sonderbare Situation. Da saß er
nun zwischen seinen »Feinden« am Tisch und aß mit ihnen.
Nicht dass sie ihn nun mit besonderer Aufmerksamkeit oder
gar Höflichkeit behandelt hätten. Nein, das nicht. Aber sie
ließen ihn in Ruhe, kümmerten sich gar nicht um ihn. Als
aber sein Tischnachbar seinen inzwischen leergegessenen Napf
bemerkte, nahm er ihn, füllte ihn noch einmal und stellte ihn
dann wieder mit einem freundlichen Blick und einem aufmunternden Kopfnicken vor Bernhard auf den Tisch.

Als sie fast mit dem Essen fertig waren, betrat ein Offizier
den Raum. Es war ein Hauptmann, der Chef der Kompanie
zu der auch dieser Spähtrupp gehörte, wie Bernhard später
erfuhr. Die Soldaten sprangen auf. Auch Bernhard erhob sich
von seinem Platz. Der Anführer der Gruppe machte eine Meldung – wovon Bernhard natürlich kein Wort verstand – und
berichtete seinem Vorgesetzten wohl auch etwas über die
Herkunft des deutschen Soldaten, denn beide blickten immer
wieder zu Bernhard hinüber. Schließlich kam der Offizier auf
ihn zu und fragte ihn, zu Bernhards Überraschung in deut-

scher Sprache, wie es zu der von den Russen in letzter Minute verhinderten Hinrichtung gekommen sei. Bernhard erklärte dem Offizier wahrheitsgemäß die verzweifelte Situation, in der er und sein Freund sich befunden hatten und bedankte sich für die Rettung. Der Hauptmann fragte dann noch nach Bernhards Dienstgrad und nach seiner Einheit und wollte die Nummer des Regimentes wissen. »Ich weiß dass man Ihnen verboten hat, solche Fragen zu beantworten«, sagte er, »aber aus Dankbarkeit für Ihre Rettung und weil der Krieg doch ganz offensichtlich für die Deutschen verloren ist und bestimmt in wenigen Wochen zu Ende sein wird, erwarte ich, dass Sie meine Fragen wahrheitsgemäß beantworten. Wahrscheinlich können Sie uns ohnehin nichts Neues mehr berichten, da wir über die Einheiten, die hier in Kurland eingeschlossen sind und in diesen Tagen vergeblich versuchen, den Kessel aufzubrechen, ganz gut Bescheid wissen.

Bernhard hatte keine Bedenken, die Fragen des Offiziers zu beantworten.

Die Unterredung wurde von allen Anwesenden mit Interesse verfolgt. Der Offizier übersetzte von Zeit zu Zeit das auf Deutsch geführte Gespräch für die anwesenden russischen Soldaten, die dann leise, oftmals flüsternde Kommentare dazu abgaben. Für sie waren die Umstände, unter denen Bernhard in ihre Gewalt gelangt war, ein Beweis für den desolaten Zustand des deutschen Heeres in diesen letzten Wochen des Krieges, was allerdings nicht ganz der Wahrheit entsprach.

Bisher hatten alle Anwesenden dem Gespräch stehend zugehört. Auch der Offizier und Bernhard standen sich dabei gegenüber. Jetzt forderte er Bernhard auf, sich mit ihm an den Tisch zu setzen. Das wurde von allen Anwesenden als ein Zeichen für die Beendigung des offiziellen Teiles der Unterhaltung verstanden und die Versammlung löste sich auf. Einige Soldaten verließen den Raum, andere zündeten sich Zigaretten an, die sie selbst herstellten, indem sie Tabak – Machorka – in Zeitungspapier wickelten und dann genüsslich anzündeten. Auch der Offizier bediente sich auf diese Art und bot Bernhard ebenfalls Tabak an, was der allerdings ablehnte, da er den starken Machorka, an den man sich wohl erst jahrelang gewöhnen musste, nicht vertragen konnte. Einen Wodka nahm er dagegen gerne an. Auf einen Wink des Offiziers hin brachte ein Soldat eine Flasche und zwei Gläser. Der Offizier schenkte ein und sie tranken miteinander.

Der Hauptmann hatte offensichtlich das Bedürfnis, sich weiter mit Bernhard zu unterhalten, und es folgte dann ein fast freundschaftliches, privates Gespräch. Bernhard erfuhr dabei bald, dass der Hauptmann Boronoff hieß und aus Leningrad stammte, und Bernhard berichtete von seinem durch die Umstände unfreiwillig abgebrochenen Musikstudium. Als Bernhard das Musikstudium erwähnte, wurde der Offizier hellhörig. Er stellte mehrere, durchaus sachkundige Fragen. So wollte er wissen, wo er studiert habe und wie seine Lehrer hießen. Auch für den Aufbau und die Organisation einer deutschen Musikhochschule interessierte er sich.

»Warum interessieren Sie sich so sehr für Musik?« fragte Bernhard. »Sind Sie etwa auch Musiker?«

»Nein«, antwortete Boronoff lachend. »Außer einigen kläglich gescheiterten Versuchen, ein Instrument zu erlernen, gibt es in meinem bisherigen Leben keine praktische Berührung mit der Musik. Ich war einfach zu faul zum Üben. Sehr zum Leidwesen meiner Mutter, einer sehr guten Pianistin. Sie unterrichtet am Konservatorium in Leningrad. Ich bin Lehrer, wie mein Vater auch. Deutsch und Geschichte.«

»Darum sprechen Sie so gut deutsch«, bemerkte Bernhard.

»Ja, ich habe Germanistik studiert«, sagte der Offizier. »Dabei hatte ich einen großen Vorteil – meine Mutter stammt aus Deutschland. Zwar lebt auch ihre Familie schon seit mehreren Generationen in Russland, aber die deutsche Sprache haben sie immer beibehalten. Meine Mutter war klug genug, mir von Kind an diese Sprache zu vermitteln. Das war bei meinem Studium natürlich ein großer Vorteil. Aber auch für Musik habe ich mich immer sehr interessiert. So besuchte ich mit meinen Eltern schon als Kind fast alle Konzerte der Leningrader Philharmonie. Dabei habe ich sogar den Chef dieses Orchesters, Herrn Mrawinski, und auch den Komponisten Schostakowitsch persönlich kennen gelernt, von dem immer wieder Kompositionen aufgeführt wurden. Ich kann mich noch gut an einen Besuch Schostakowitschs in unserem Haus erinnern, als in der Prawda ein böser Artikel über ihn erschienen war, in dem man ihm vorwarf, die freitonale Chromatik und Polyrhythmik seiner Kompositionen der letzten Zeit seien bourgois, dekadent und abstrakt-formalistisch. Hauptsächlich bezog sich der Artikel auf die Oper »Lady Macbeth«. Ich verstand zwar nicht viel von der ganzen Sache, doch erinnere ich mich noch daran, dass meine Mutter dem Artikel in der Prawda beipflichtete und dem Komponisten ins Gewissen redete, seinen Stil zu ändern und sich nicht so sehr von den Künstlern aus dem Westen beeinflussen zu lassen. Kurze Zeit danach zog der Komponist die Oper und auch noch einige andere Kompositionen zurück. Sie durften nicht mehr aufgeführt werden. Ich weiß natürlich nicht, ob meine Mutter dazu den Ausschlag gegeben hat. Wahrscheinlich werden aber auch noch andere einflussreiche Leute Schostakowitsch wieder zur Vernunft gebracht haben. Auch ich denke, dass wir uns nicht so sehr nach dem Westen richten sollten. In Zukunft wird es ja eher umgekehrt sein, da bin ich ganz sicher. Der Kommunismus wird sich auf allen Gebieten durchsetzen, weil es die menschenfreundlichste Philosophie ist die es je gegeben hat. Dass es in den ersten Jahren nach einer derart weltverändernden Revolution auch Fehlverhalten, ja sogar Grausamkeiten gegeben hat, das will ich gar nicht leugnen. Aber jetzt, wenn in kurzer Zeit dieser fürchterliche Krieg zu Ende ist, wird es für uns alle eine lebenswerte Zukunft geben. Ja, ich sage für uns alle! Auch für unsere jetzigen Gegner. Bewusst sage ich Gegner und nicht Feinde. Natürlich sind die für das gegenwärtige Elend Verantwortlichen unsere Feinde. Aber es sind nicht nur die Feinde der Russen, Engländer oder Amerikaner. Nein, Adolf Hitler und seine Komplizen sind auch die Feinde des deutschen Volkes. Aber das deutsche Volk ist nicht unser Feind. Wir werden in einer besseren Welt zusammen leben. Selbstverständlich bedarf es einer Übergangszeit, von der jetzt noch niemand weiß, wie lange sie andauern wird. Aber am Ende dieser Zeit, wann immer das sein wird, werden wir alle gemeinsam in einer besseren, schöneren Welt leben. Daran glaube ich.«

Nach diesem, mit großer Leidenschaft vorgetragenen Plädoyer für den Kommunismus saßen sie zunächst schweigend nebeneinander. Bernhard war von den Gedanken des Russen nicht überzeugt. Zu viel Negatives aus den vom Kommunismus beherrschten Ländern war bekannt geworden. So sagte er denn nach einiger Zeit nur: »Ich wünsche mir sehr, dass Sie Recht haben.« Wieder Schweigen. Dann die Frage Bernhards: »Wann haben Sie Ihre Eltern zuletzt gesehen?«

»Das ist noch gar nicht so lange her«, antwortete der Hauptmann freudig. »Es war ein glückliches Wiedersehen nach vielen Jahren des Bangens und Hoffens. Sie wissen ja wohl, dass Leningrad lange Zeit von den deutschen Truppen eingeschlossen war. Genau 900 Tage! Von Ende 1941 bis zum Frühjahr 1944. Während dieser langen Zeit haben wir natürlich nichts voneinander gehört. Ich war Soldat und mit meiner Einheit weiter im Süden eingesetzt. Mein erster richtiger Kriegseinsatz war 1942 in der Gegend von Kursk. Das ist in Mittelrussland, dort wo der Tuskar in den Seim mündet. Es war die Zeit, als sich das deutsche Kriegsglück wendete und die deutsche Katastrophe in Russland ihren Anfang nahm. Sie wissen was ich meine – die Schlacht um Stalingrad, wo die 6. deutsche Armee unter dem Kommando des Generals Paulus von uns eingeschlossen wurde und nach furchtbaren und sinnlosen Kämpfen Anfang Februar 1943 endlich kapitulierte. In dieser Zeit stieß auch meine Einheit ständig weiter nach Westen vor und erreichte schließlich Kiew, die Hauptstadt der Ukraine. Ich war bei den ersten Truppen, die im November 1943 die Stadt von den deutschen Truppen befreiten, die sie seit September 1941 besetzt hatten. Einige Zeit blieben wir danach in Kiew. Vor etwa einem Jahr hatte ich dann das Glück, an der Befreiung der eingeschlossenen Stadt Leningrad beteiligt zu sein. Danach habe ich auch meine Eltern wieder gesehen. Sie haben die Jahre der Isolation überraschend gut überstanden. Nun bin ich hier in Kurland und freue mich darauf, demnächst meinen Beruf wieder ausüben zu können, denn der Krieg ist nun bald zu Ende. Davon bin ich fest überzeugt.«

»Das glaube ich auch«, bemerkte Bernhard nach einiger Zeit. »Dennoch kann ich der Zukunft nicht so freudig entgegen sehen wie Sie es tun. Wenn der Krieg auch bald zu Ende sein wird, so bedeutet das für mich noch lange nicht die Rückkehr in meinen Beruf. Ich fürchte, es wird doch noch einige Zeit dauern. Das Klavier wird warten müssen.«

»Nun blicken Sie doch nicht so pessimistisch in die Zukunft. Was kann Ihnen denn noch passieren? Für Sie ist der Krieg doch jetzt schon zu Ende. Gewiss, ein paar Monate Kriegsgefangenschaft werden Sie noch ertragen müssen. Sie werden sehen, das geht schnell vorüber. Wenn der Krieg zu Ende ist, werden auch die Gefangenen nach Hause geschickt.«

»Ich hoffe, dass Sie Recht haben.«

»Ganz sicher habe ich Recht.«

Es dauerte eine ganze Weile, bis Bernhard leise, mehr zu sich selbst, sagte: »Ich kann mir kaum noch vorstellen wie es ist, wieder Klaviertasten zu spüren.«

»Wie lange haben Sie nicht mehr Klavier gespielt?«

»Das ist schon eine Ewigkeit her. So kommt es mir wenigstens vor. In Wirklichkeit sind es nur ein paar Monate. Im Herbst des vergangenen Jahres musste ich Soldat werden.«

Wieder Schweigen. Dann sagte der Offizier unvermittelt: »Kennen Sie die Klaviersonate op. 7 in e-moll von Edvard Grieg?«

Bernhard blickte erstaunt den Russen an. »Wie kommen Sie ausgerechnet jetzt auf diese Sonate? Ja, ich kenne sie. Ich kenne sie sogar sehr gut. Es ist eine meiner Lieblingskompositionen.«

»So ein Zufall«, sagte der Hauptmann und lachte. »Stellen Sie sich vor – es ist auch meine Lieblingskomposition. Jedenfalls was die Klaviermusik anbetrifft. Schon als ich noch ein Kind war, habe ich meine Mutter oft gebeten, diese Sonate, oder doch wenigstens einen Satz daraus, zu spielen, wenn ich abends zu Bett gegangen war. Sie können sich gar nicht vorstellen, wie oft ich unter den Klängen dieser Komposition eingeschlafen bin.«

Und nach einer Weile, etwas unsicher: »Hätten Sie Lust, diese Sonate zu spielen?«

Bernhard verstand nicht sogleich. Darum fragte er: »Was heißt das, ob ich Lust habe, diese Sonate zu spielen? Natürlich habe ich Lust. Wenn ich ein Klavier hätte, würde ich nicht nur diese Sonate spielen. Ich würde alles spielen, was mir gerade einfällt und nicht eher aufhören, bis ich vor Müdigkeit in Ohnmacht falle.«

»Darauf wollen wir es nun doch nicht ankommen lassen. Aber ernsthaft: ich sehe eine Möglichkeit, dass Sie mir diese Sonate vorspielen können.«

»Das werde ich ganz sicher gerne tun, wenn wir uns nach dem Krieg einmal irgendwo treffen sollten.«

»So lange müssen wir nicht warten.« Als Bernhard ihn verständnislos anblickte erklärte Boronoff: »Zu diesem Dorf, von dem ja nicht mehr viel übrig geblieben ist, wie Sie gesehen haben, gehört auch das ehemalige Gutshaus. Nachdem der Großgrundbesitzer es verlassen hatte, wurde darin die Verwaltung der Kolchose eingerichtet, die dieses Gut als Volkseigentum weitergeführt hat. Durch die Kriegsereignisse konnte es nicht mehr bewirtschaftet werden und darum steht das große, repräsentative Gebäude jetzt leer. Das heißt, ganz leer steht es nicht. Im Keller des Hauses sind die Küche und das Verpflegungslager unserer Kompanie untergebracht. Die oberen Räume werden von uns nicht benutzt, weil das wegen der feindlichen Artillerie zu gefährlich wäre. Aber ganz leer stehen sie auch nicht.«

»Die Möbel werde noch darin stehen«, meinte Bernhard.

»Nein, das meine ich nicht«, sagte der Hauptmann. »Das ist eine sonderbare, fast unglaubwürdige Geschichte. Eine alte Dame wohnt nämlich noch dort. Es ist die Frau des letzten Besitzers, von dem niemand weiß, wo er geblieben ist. Dieser Frau ist es gelungen – fragen Sie mich nicht wie –, das Haus bis heute nicht zu verlassen. Selbst die Partei hat schließlich resigniert. Wahrscheinlich hat ihr hohes Alter den Ausschlag für die in solchen Situationen durchaus ungewöhnliche Rücksichtnahme gegeben. Sie ist mindestens achtzig Jahre alt und eine sehr eigenwillige Person. Ich denke, sie genießt so eine Art

Narrenfreiheit. Auch jetzt, wo um sie herum alles in Trümmer gefallen ist – das Gutshaus, es liegt etwas außerhalb des Dorfes, wurde seltsamerweise bisher verschont – selbst da war sie nicht zu bewegen, es zu verlassen. So sehr man sich auch um sie bemühte, mit gutem Zureden, mit Schmeicheln und schließlich sogar mit Drohungen – sie wiederholte nur immer wieder dasselbe: ›Ich bin hier geboren, ich bin hier aufgewachsen, ich habe hier geheiratet, ich habe hier meine fünf Kinder geboren und ich habe hier erlebt, wie man mir alles genommen hat. Ob Sie es nun glauben oder nicht: ich verlasse dieses Haus, das mir gehört, nur wenn ich tot bin. Dann können Sie meinetwegen mit mir machen was Sie wollen. Und wenn Ihnen das zu lange dauert, dann helfen Sie doch ein wenig nach. Ich bin Ihnen auch gewiss nicht böse.‹ Man nimmt sie nicht mehr ganz ernst und lässt sie in Ruhe. Narrenfreiheit, wissen Sie.«

»Sie wohnt dort ganz alleine?« wollte Bernhard wissen.

»Nein«, antwortete der Offizier. »Bei ihr wohnt noch eine etwa gleichaltrige Dienerin oder Freundin. Genau weiß man das nicht.«

»Die beiden alten Damen ignorieren die Gefahr, der sie sich permanent aussetzen?«

»So ist es. Bisher haben sie ja auch noch Glück gehabt. Das kann sich aber jederzeit ändern.«

Kaum hatte der russische Offizier das gesagt, als der Keller wieder von zwei Detonationen erschüttert wurde. »Das war ziemlich nahe«, sagte der Hauptmann. »Hoffentlich treffen sie nicht wieder unseren Verpflegungswagen. Er ist jetzt gerade auf dem Weg von der Front zurück ins Dorf. Vor zwei Wochen erst haben sie einen erwischt. Volltreffer. Keiner der Soldaten hat überlebt. Das Pferd auch nicht.«

Bernhard bemerkte, dass der Offizier, wenn er zu ihm von den deutschen Streitkräften redete, immer »die Deutschen« oder »Die deutsche Wehrmacht« sagte, anstatt die Formulierung »Ihre« oder »Eure Streitkräfte« zu gebrauchen. Ganz offensichtlich hatte er bereits eine Trennung zwischen ihm und der deutschen Wehrmacht vollzogen. Nach dem Empfinden des Hauptmanns gehörte er, Bernhard, wohl schon nicht mehr dazu, was sicher auch durch die Umstände seiner Gefangennahme zu erklären war.

»Aber meistens treffen sie nichts«, bemerkte Boronoff beruhigend. »Wahrscheinlich wollen sie das auch gar nicht unbedingt. Ihnen genügt es, uns immer ein wenig in Alarmstimmung zu halten. Das gelingt ihnen ja auch. Aber helfen wird es den Deutschen auch nichts mehr. Doch zurück zu unseren beiden alten Damen: In diesem Gutshaus steht ein großer Flügel. Ein Steinway. Wenn wir wollen, können wir dorthin fahren. Ein kleines Risiko ist dabei, wie Sie ja soeben erst wieder erlebt haben. Aber meistens warten sie zwischen zwei Artillerieattacken ein paar Stunden. Da wir jetzt erst zwei Granaten abbekommen haben, werden sie wahrscheinlich so bald nicht wieder schießen. Was meinen Sie, wollen wir es riskieren?«

Bernhard wusste nicht mehr, was er denken sollte. Die Ereignisse dieses Tages erlebte er noch einmal wie in einem Film, der im Zeitraffertempo vor ihm abrollte – zerfetzte Leiber – zerstörte Häuser – Feuer – Tierkadaver – explodierende Granaten – Angst – Verzweiflung – ziellose Flucht – das »Standgericht« – Todesurteil – die Hinrichtung seines Freundes Josef – seine Rettung in letzter Sekunde durch die russischen Soldaten – und jetzt das Zusammentreffen mit einem Deutsch sprechenden, russischen Offizier, der sich für Musik interessierte und der ihm die Möglichkeit geben wollte, Klavier zu spielen, während rundum Bomben und Granaten einschlugen, wo Russen und Deutsche sich bekämpften und tausendfachen Tod verbreiteten. Es war einfach zu viel – derartig schroffe Gegensätze waren kaum zu verkraften. Vielleicht hätte ein abgebrühter, schon viele Jahre an der Front stehender Soldat so etwas hinnehmen können – Bernhard konnte es nicht. Er merkte wie seine Kräfte ihn verließen. Seine Hand zitterte, als er das Schnapsglas zum Mund führen wollte, das aber ohnehin leer war. Der Offizier bemerkte es und schenkte ihm nach. »Trinken Sie«, sagte er. »Ist Ihnen nicht gut?«

»Danke«, sagte Bernhard leise und trank den Wodka. »Ich weiß auch nicht – es geht schon wieder.« Und nach einiger Zeit: »Ja, ich würde gerne den Flügel einmal sehen.«

»Gut«, sagte der Hauptmann. »Riskieren wir es.« Die beiden verließen den Keller und bestiegen ein Motorrad. Es war eine Maschine der Marke BMW, also auch erbeutet, dachte Bernhard.

»Fahren Sie gerne Motorrad?« fragte Boronoff.

»Bei gutem Wetter macht es sicher Spaß«, antwortete Bernhard. »Ich bin aber bisher noch nie Motorrad gefahren. Ich habe auch gar keinen Führerschein. Weder für ein Auto noch für ein Motorrad.«

Schon nach wenigen Minuten hatten sie das Gutshaus erreicht. Der ganze Komplex war mit einer aus Natursteinen errichteten Mauer umgeben. Ein breites, kunstvoll geschmiedetes, aber rostiges Tor stand offen. Dahinter ein großes, mit Blumen und Zierbüschen bepflanztes, jetzt ziemlich verwahrlostes Rondell. Sie umfuhren es und hielten vor einer Freitreppe, die zu dem repräsentativen Portal des Gutshauses empor führte. Das ockerfarben gestrichene Haus war anscheinend völlig unbeschädigt, was umso mehr auffiel, als die es umgebenden Stallungen und Wirtschaftsgebäude zum Teil völlig zerstört oder doch stark in Mitleidenschaft gezogen waren. Es machte aber einen sehr heruntergekommenen Eindruck. Rechts neben der Treppe standen mehrere verdreckte Autos. Bernhard erkannte auch die bei seiner Gefangennahme von den Russen erbeuteten deutschen Fahrzeuge.

Sie stiegen ab und der Offizier parkte das Motorrad dort, wo auch die anderen Fahrzeuge standen. Der Hauptmann und Bernhard gingen die Treppe hinauf, vorbei an zwei mit Maschinengewehren bewaffneten Wachposten, die den Offizier respektvoll grüßten. Oben angekommen betätigte Boronoff einen mit einem Löwenkopf verzierten Türklopfer. »Kennen Sie das Märchen von Hänsel und Gretel?« fragte der Offizier.

»Ja, das kennt wohl jeder. Warum fragen Sie mich jetzt danach?«

»Um Sie zu warnen.« Der Russe lachte. »Die beiden Alten sehen so ähnlich aus wie die Hexe in diesem Märchen. Nur ihre Nasen sind nicht ganz so lang. Und aus Lebkuchen ist das Haus hier ja auch nicht.«

Dann hörten sie hinter der Tür etwas rascheln. Mehrere Riegel wurden zurückgeschoben. Langsam und ein wenig knarrend öffnete sich die Tür. Dahinter stand eine sehr schlanke und sehr alte Frau. Sie trug ein hochgeschlossenes, langes, schwarzes Kleid mit einem breiten, weißen Kragen. Auf dem Kopf hatte sie so etwas, von dem man nicht sagen konnte ob es eine Mütze, ein Hut oder auch nur ein Kopftuch war. Der Offizier redete die Frau auf Russisch an. Die Alte reagierte anscheinend gar nicht darauf. Jedenfalls war ihrem maskenhaft versteinerten Gesicht nicht anzumerken, ob sie den Offizier verstanden hatte oder nicht. Ohne ein Wort zu sagen drehte sie sich um und humpelte, mühsam auf ihren Krückstock gestützt, davon. Der Offizier bedeutete Bernhard durch ein Kopfnicken, ihr zu folgen. So gingen sie über einen ungepflegt wirkenden Parkettfußboden hinter der langsam dahinhumpelnden Frau durch die Eingangshalle auf eine mit Holzschnitzereien verzierte Tür zu. An den hohen Wänden der Halle bemerkte Bernhard mehrere helle Flecke von beachtlicher Größe. Er vermutete wohl nicht zu Unrecht, dass hier ehemals Bilder die Wände verziert hatten. Gegenüber dem Eingang gab es eine etwa drei Meter hohe, verglaste Flügeltür, die auf eine Terrasse führte. Von einem großen Kronleuchter abgesehen, der von der Decke herabhing, war der Raum völlig schmucklos.

Die Alte öffnete mühsam, wie es schien, die verzierte Holztür. Dann trat sie zur Seite und bedeutete den beiden, einzutreten. Sie kamen in einen etwas düster wirkenden Raum. Vor den beiden, fast bis auf den Fußboden reichenden Fenstern hingen schwere, gelbbraune Vorhänge. Sie waren, bis auf einen winzigen Spalt, zugezogen. Es dauerte einige Sekunden, bis Bernhard Einzelheiten erkennen konnte. Zuerst fiel sein Blick auf einen Flügel, der zwischen den beiden Fenstern an der Wand stand. Dann gewahrte er im Hintergrund des Zimmers eine alte Frau, die in einem Ohrensessel saß. Sie war ebenfalls schwarz gekleidet und in eine grüne Wolldecke gewickelt. Bernhard, der die Alte mit dem Krückstock zuerst für die Hausherrin gehalten hatte, bemerkte nun an ihrem untertänigen Benehmen der im Sessel sitzenden Frau gegenüber, dass sie wohl die Dienerin war, von der Hauptmann Boronoff gesprochen hatte. Die beiden Frauen unterhielten sich in einer Sprache, die er nicht verstand. Es war aber kein Russisch, so viel konnte er hören.

»Was ist denn das für eine Sprache?« fragte Bernhard leise, fast flüsternd seinen Begleiter. Der antwortete ebenso: »Es ist Lettisch. Die Alte weigert sich hartnäckig, Russisch zu sprechen, obwohl sie das recht gut kann, wie ich weiß. Sie redet nur lettisch oder Deutsch. Die deutsche Sprache beherrscht sie perfekt, so weit ich das beurteilen kann.«

Die beiden Frauen hatten ihre sonderbare Unterhaltung beendet, und die »Chefin«, wie Bernhard die alte Frau in Gedanken nannte, sprach in einem harten, etwas abgehackt klingenden Deutsch Bernhard an: »Sie sind Pianist?«

Obwohl eigentlich kein Grund dafür bestand, war Bernhard etwas verlegen. »Ja«, sagte er, »das stimmt.«

»Sie sind noch sehr jung.« Es klang so, als ob sie seine Worte anzweifle.

»Ich habe noch studiert, bevor ich Soldat werden musste.«

»Wo?«

»In Köln.«

»Ich kenne Köln«, sagte die Frau, korrigierte sich dann aber: »Das heißt, ich war dort. Im Jahr 1920. Nach dem Rigaer Abkommen im August 1920, worin die Sowjets die Unabhängigkeit Lettlands akzeptiert hatten. Ich weiß nicht, ob Ihnen das überhaupt bekannt ist. Wer interessiert sich schon für das kleine Lettland. Für uns war es allerdings ein ganz bedeutendes Ereignis, und die folgenden Jahre, bis 1939, als die Nazis sich mit den Sowjets verbündeten und das kleine Lettland dem russischen Einflussbereich überließen, ging es auf allen Gebieten, kulturell und wirtschaftlich, bergauf. Mein Mann – er wurde von den Russen verschleppt, genau so wie meine vier Söhne – spielte zu der Zeit eine bedeutende Rolle in der Landwirtschaft und hatte deswegen in Köln zu tun. Fragen Sie mich nicht, was er dort gemacht hat. Jedenfalls hat er mich mitgenommen und ich habe diese Reise in sehr guter Erinnerung. Sie wollen mir etwas vorspielen?«

»Wenn Sie erlauben, gerne.«

»Der Flügel wurde lange nicht mehr benutzt. Er wird etwas verstimmt sein.«

Bernhard zuckte nur mit den Schultern, als ob er sagen wolle: »Nun ja, was soll's.« Dann ging er auf den Flügel zu. Der stand so zwischen den beiden Fenstern an der Wand, dass man ihn zum Zimmer hin öffnen konnte. Das tat Bernhard. Dann setzte er sich vor das Instrument, stellte die Höhe der Klavierbank ein und öffnete den Deckel der Tastatur. Vorsichtig glitt er mit seinen Fingern über die Tasten, ohne sie nieder zu drücken. Ganz sanft, so dass kein Ton zu hören war. Das tat er mehrmals. Von rechts nach links und umgekehrt. Er machte den Eindruck, als ob er nicht wisse, wie man das Instrument zum Klingen bringen könne. Es war für Bernhard ein geradezu erschütterndes Ereignis. Für ihn war ein Klavier, ein Flügel, kein bloßer Gegenstand, keine Sache, die man nach Belieben benutzen kann, kein lediglich teures Ding – es war ein Stück Leben, ein Stück seines Lebens. Und plötzlich hatte er eine enge Beziehung zu dem Instrument, er spürte das Leben, das in ihm ruhte und nur erweckt werden musste. Wie unter einem Zwang, oder unter einer Hypnose, begann er zu spielen. Die erste, absteigende Passage im Piano noch etwas zaghaft, suchend, die dann aufstrebenden Koloraturen wie improvisierend, um dann bei den ersten schweren Akkorden Eins zu werden mit der Komposition. Immer dichter, immer intensiver entlockte er dem Instrument die Töne, die perlenden Läufe, die wuchtigen Akkorde, es war ihm nicht anzumerken, dass er mehrere Monate keine Klaviertaste mehr berührt hatte, jedenfalls für einen Laien war es nicht hörbar, so sicher, so selbstverständlich und so logisch folgten die musikalischen Elemente aufeinander und verwandelten den düsteren Raum in einen Konzertsaal, forderte die Phantasie der Hörer, die von diesem Wunder, von dieser überhaupt nicht in diese Zeit und in diese Situation passenden Darbietung überwältigt wurden. Die alte Dame sah im Geist ihre Tochter, wie sie noch an dem Tag, als sie mit ihren beiden Kindern vor den Russen geflohen war, zum Abschied an diesem Instrument gesessen und gespielt hatte, vor dem geistigen Auge der Dienerin entfaltete sich die Pracht der in diesem

Haus erlebten Empfänge und der Hauskonzerte, wo bedeutende Musiker zu den Gästen und zu den Interpreten gezählt hatten, und der russische Offizier, der gegen die Fensterbank gelehnt mit geschlossenen Augen dastand, wurde zurückversetzt in die Zeit, als seine Mutter ihm, dem kleinen Jungen, diese Sonate als Gutenachtgruß gespielt hatte. Bernhard schließlich hatte Ort und Zeit vergessen und lebte endlich wieder einmal in seiner Welt. Als die musikalischen Bewegungen immer energischer wurden, als Läufe und Kapriolen wild das Werk durchperlten und die Akkorde immer heftiger zur Entladung drängten, da war das rasch anschwellende Pfeifen kaum zu hören und die Detonation beendete umso überraschender die phantastische, irreale Welt der zu einem wunderbaren Erlebnis versammelten Personen. Ein dumpfer Knall, gefolgt vom Lärm herabstürzender Mauern, zersplitterndem Glas und hernieder regnendem Erdreich drängte die Wirklichkeit in den Raum. Die Granate war nur wenige Meter neben dem Haus eingeschlagen, hatte einen tiefen Krater gebildet und die Wand des Hauses stark beschädigt. Beide Fenster waren nicht mehr vorhanden. Der russische Offizier war in den Raum hineingeschleudert worden. Dort lag er, mit grässlich verformten Armen und Beinen und einem zerfetzten Gesicht. Der Boden unter seinem Körper färbte sich schnell rot.

3

Wenige Tage nach diesem tragischen Ereignis wurde Bernhard zunächst in ein kleines, provisorisches Gefangenenlager in der Nähe der Front gebracht. Dort traf er mit etwa fünfzig Soldaten der deutschen Wehrmacht zusammen, die einzeln oder in kleinen Gruppen von den Russen aufgegriffen worden waren. Sie kampierten in zwei notdürftig mit einem Stacheldrahtzaun umgebenen Holzhäusern, die ein kleines Kontingent russischer Soldaten ziemlich lasch bewachte. Offensichtlich befürchtete man keine Fluchtversuche, was ja auch zu dieser Zeit in dieser Gegend und bei der Ungewissheit des Frontverlaufs ziemlich sinnlos gewesen wäre. Sie wurden weder besonders gut noch besonders schlecht behandelt. Eigentlich kümmerten die Russen sich überhaupt nicht um sie, wenn man von der ausreichenden täglichen Verpflegung einmal absieht. So lagen sie also notgedrungen »auf der faulen Haut«. Einerseits waren sie froh, nach ihrer Gefangennahme in relativer Sicherheit leben zu können, andererseits überwog aber ihre Sorge um die ungewisse Zukunft und um das Schicksal ihrer Familien in Deutschland.

Da schon seit langem in der deutschen Wehrmacht eine totale Urlaubssperre herrschte und die Feldpost immer seltener ihre Ziele erreichte, waren die Soldaten sehr schlecht über die Zustände in der Heimat unterrichtet. Sie lauschten darum neugierig den Berichten zweier Soldaten, die nach einer Verwundung und einem damit verbundenen längeren Lazarettaufenthalt in Deutschland erst vor kurzer Zeit wieder an die Front zurückgekehrt waren. Diese sprachen von den furchtbaren Verwüstungen und den vielen Opfern durch die täglichen Angriffe englischer und amerikanischer Bomber, die längst nicht mehr nur so genannte kriegswichtige Ziele wie Fabriken, Raffinerien, Brücken oder Kasernen zum Ziel hatten, sondern ganze Städte vernichteten, um den »Wehrwillen« – was immer man darunter verstehen wollte – des deutschen Volkes zu brechen. Was sie hier erfuhren, ging weit über das hinaus, was den Frontsoldaten offiziell über die Zustände in Deutschland mitgeteilt wurde.

Für große Unruhe sorgten auch die Berichte über die Geschehnisse in den Konzentrationslagern. Dass es diese Lager gab, war allgemein bekannt. Es gab sie bereits viele Jahre vor Ausbruch des Krieges. Dorthin wurden Regimegegner gebracht, um sie angeblich für das »Tausendjährige Reich«, wie die Nationalsozialisten ihren Staat nannten, brauchbar zu machen. Dass diese Lager aber in Wirklichkeit Hinrichtungsfabriken waren, wo unliebsame Menschen ohne Gerichtsverfahren umgebracht wurden, und das zumeist auch noch aus rassischen Gründen und mit den grausamsten Methoden, das wurde von vielen der zumeist schon seit Jahren an der Front kämpfenden Soldaten nicht für möglich gehalten, oft sogar als Schauermärchen angesehen, die von den Kriegsgegnern Deutschlands aus propagandistischen Gründen verbreitete wurden. Die einfachen »Landser«, wie die Frontsoldaten sich selbst nannten, wussten natürlich nichts von der bereits am 20. Januar 1942 abgehaltenen »Wannseekonferenz«, wo die Vertreter der obersten Reichs- und Parteidienststellen die sogernannte »Endlösung« der Judenfrage beschlossen hatten: die Vernichtung der gesamten jüdischen Bevölkerung in Europa! Die von den Urlaubern berichteten unglaublichen Gräueltaten waren also nichts anderes als die konsequente Durchführung dieser Beschlüsse. »Wenn das wahr ist«, war die besorgniserregende Meinung der meisten Gefangenen, »dann gnade uns Gott!«

Die Sorgen um die Zukunft, sowohl der eigenen als auch die der Verwandten und Freunde, wurden durch solche Gespräche nicht geringer. Auch die offensichtlich von keinerlei Hassgefühlen geprägte Behandlung durch die russischen Soldaten, die zumindest korrekt, wenn nicht hin und wieder sogar kameradschaftlich war, konnte diese Sorgen nicht mindern.

Die Situation änderte sich, nachdem die am 7. Mai 1945 in

Reims vor Vertretern der Sowjetunion, der USA, Großbritanniens und Frankreichs erfolgte bedingungslose Kapitulation der deutschen Truppen auch am 9. Mai in Berlin-Karlshorst vor dem sowjetischen Oberkommandierenden vollzogen worden war. Nun geriet die gesamte, an der Ostfront liegende deutsche Armee in russische Kriegsgefangenschaft. In langen Trecks, mit wenigen Ausnahmen zu Fuß, denn die Fahrzeuge, vor allem die motorisierten, wurden von den Russen sofort requiriert, schleppten sich lange Züge entwaffneter Soldaten in Richtung Osten. Ziemlich ungeordnet, denn die Russen waren den damit verbundenen Organisationsproblemen kaum gewachsen. Bernhard und seine fünfzig Leidensgenossen, wurden einem Treck etwa in der Größe einer Kompanie angeschlossen. Nachts kampierte man im Freien. Lediglich der russischen Wachmannschaft stand ein Zelt zur Verfügung. Wie eine Schafherde wurden die Gefangenen abends zusammengetrieben und lagerten notgedrungen auf der Erde, während die Bewacher – nachts mit Taschenlampen ausgerüstet – den Menschenhaufen umkreisten. Nur wenn einer seine Notdurft verrichten musste, durfte er – unter Sonderbewachung – das Camp verlassen und die Sache außerhalb der Lagerstätte erledigen. Da naturgemäß fast jeder dieses Bedürfnis mindestens einmal in der Nacht hatte, gab es nachts einen ziemlich intensiven Klo-Tourismus, der die Bewacher vor keine geringen Probleme stellte.

Am dritten Tag erreichte der Treck nahe der Stadt Schaulen (russisch: Schjauljai) eine große Scheune, die einsam auf einer riesigen Wiese stand und von einem hohen Stacheldrahtzaun umgeben war. Vier Wachtürme ließen keinen Zweifel an der Bestimmung dieses Ortes. Zu beiden Seiten des breiten Lagertores stand je eine Baracke. In der einen waren die für die Bewachung des Lagers zuständigen russischen Soldaten untergebracht, die andere beherbergte die Kommandantur. Zu der Zeit, als Bernhard dort eingeliefert wurde, beherbergte das Lager ca. 300 Gefangene. Im Laufe der nächsten Tage trafen immer mehr Trecks ein. Darunter war auch eine komplette Feldküche mitsamt Proviant. Wohl nicht zuletzt aus diesem Grund war die Verpflegung in diesen Tagen recht gut.

In der Scheune befanden sich in langen Reihen dreistöckige Holzpritschen. Decken oder Matratzen gab es nicht. Bevor Bernhard und die mit ihm angekommenen deutschen Soldaten in die Scheune zu den anderen Gefangenen durften, führte man sie in einen kleinen, abgegrenzten Raum. Dort wurden sie zunächst registriert und dann von einer russischen Ärztin recht oberflächlich »untersucht«. Die Untersuchung beschränkte sich aber im Wesentlichen auf die Entfernung sämtlicher Kopf- Achsel- und Schamhaare. Das war für die Soldaten eine sehr peinliche Prozedur. Vor allem das Entfernen der Kopfhaare bedeutete für die meisten der durchweg sehr jungen Männer ein großes Problem. War es doch, zusammen mit der befohlenen Entfernung sämtlicher Dienstgradabzeichen, ein deutlich sichtbares Zeichen für den Verlust nicht nur der Freiheit, sondern auch der Würde. So wurde es jedenfalls von Bernhard und seinen Kameraden empfunden. Durch diese Prozedur, die offiziell aus hygienischen Gründen geschah, und durch den ungewohnten Anblick seiner nun glatzköpfigen und ihrer Rangabzeichen beraubten Kameraden fühlte er sich – und mit ihm die meisten seiner Leidensgenossen – entehrt und ausgestoßen. Ausgestoßen aus einer soldatischen Gemeinschaft, die nach Bernhards Selbstverständnis auch über die Fronten hinweg in einer ganz besonderen Art und Weise bestand. Das waren natürlich alles romantisch verbrämte Gedanken, die ihren Ursprung noch in der Vergangenheit hatten, wo solche uns heute als pervers anmutende Werte wie »Kriegshandwerk« oder gar »Kriegskunst« noch vielfach das Denken und Handeln der Soldaten bestimmt hatten. Bernhard erinnerte sich an die Erzählung seines Großvaters, der als Kompaniechef im ersten Weltkrieg in Frankreich, wo die Gegner sich im Stellungs- und Grabenkrieg oft monatelang gegenüber lagen, am Heiligen Abend des Jahres 1915 mit seinen Gegnern einen privaten Waffenstillstand für mehrere Stunden vereinbart hatte. Die Soldaten beider Seiten krochen aus ihren Erdlöchern und feierten zwischen den Fronten gemeinsam den Heiligen Abend. Dass solche Bilder nicht mehr in das Jahr 1945 hineinpassten, musste er jetzt und auch in Zukunft noch schmerzlich erfahren.

Die nächsten Tage in diesem Sammellager wurden von Langeweile bestimmt. Außer den täglichen Zählappellen und der Essenausgabe morgens, mittags und abends geschah zunächst noch nichts. Eine derart langweilige Situation ist ein guter Nährboden für die verrücktesten Gerüchte, im Landserjargon »Scheißhausparolen« genannt. Meistens drehte es sich dabei natürlich um die Heimkehr. Von der Hoffnung auf eine sofortige Rückführung aller deutschen Soldaten in die Heimat – weil die Russen angeblich gar nicht in der Lage wären sie für längere Zeit zu ernähren –, über die Möglichkeit von Kriegsgerichtsverfahren, bis zu lebenslänglicher Verbannung nach Sibirien, reichten die Parolen.

Bernhard, der durch das Schicksal seines Freundes Josef Oberhuber und durch den plötzlichen, tragischen Tod des russischen Offiziers während des improvisierten Konzertes im Gutshaus der beiden alten Damen immer noch sehr deprimiert war, beteiligte sich kaum an diesen Gesprächen. Er hatte sich einem Kameraden angeschlossen – er hieß Hermann Bauer und war Medizinstudent gewesen, bevor er Soldat werden musste – der sich auch sehr für Musik und Theater interessierte. Wann immer sich eine Gelegenheit bot, saßen sie zusammen und phantasierten von einer Zukunft, von der sie nicht wussten, ob es sie jemals geben werde. Aber die gemeinsamen Interessen halfen ihnen doch über so manche Schwierigkeiten hinweg.

Es war der zweite oder dritte Tag in diesem Lager, als es zu einem ernsten Zwischenfall kam: Zum Personal der von den Russen gefangenen deutschen Feldküche gehörte auch Iwan. Wahrscheinlich war das gar nicht sein richtiger Name, aber alle nannten ihn so. Er war als russischer Soldat in deutsche Kriegsgefangenschaft geraten und hatte sich später der »Wlassow-Armee« angeschlossen. Im Herbst 1944, also zu einer Zeit, als kein vernünftiger Mensch mehr an einen deutschen Sieg glauben konnte, hatte die deutsche Führung dem in Gefangenschaft geratenen russischen General Wlassow erlaubt, eine aus russischen Kriegsgefangenen bestehende Armee von zwei Divisionen aufzustellen – die »Wlassow-Armee«. Wlassow war 1941 Befehlshaber der 20. sowjetischen Armee gewesen, die vor

Moskau die deutschen Truppen zurückgeworfen hatte. Ein Jahr später geriet er im Wolchow-Kessel in deutsche Kriegsgefangenschaft. Schon bald stellte er sich dem »Russischen Komitee für die Befreiung der Völker Russlands« zur Verfügung und kommandierte später die nach ihm benannte Armee. Iwan war Angehöriger dieser Armee gewesen und in den Wirren des deutschen Rückzuges, auf welchen Wegen auch immer, zu der von den Russen in den vergangenen Tagen gefangenen deutschen Feldküche geraten, wo er als eine Art Küchenhilfe beschäftigt worden war. Da weder er selbst, noch seine deutschen Kameraden sich Illusionen darüber machten, welches Schicksal er erleiden würde, wenn er mit den Deutschen zusammen in Gefangenschaft geriet, hatte der Küchenchef – Unteroffizier Schulten – in Erwartung der baldigen Kapitulation Iwan vorsorglich eine deutsche Uniform und ein gefälschtes Soldbuch besorgt. Aber es half nicht viel. Bei der Registrierung der Gefangenen machte er sich alleine schon durch seine mangelhaften deutschen Sprachkenntnisse verdächtig, und die Russen nahmen ihn in ein strenges Verhör, wobei dann bald seine wahre Identität bekannt wurde.

Nun wollten die Russen wissen, wer ihm zu der deutschen Uniform und zu dem gefälschten Soldbuch verholfen habe. Als der arme Kerl in seiner Not den Namen genannt hatte, wurde der Unteroffizier Schulten sofort arretiert und in die Kommandantur gebracht. Nach einem kurzen Verhör gab man ihm einen Spaten, mit dem er wenige Meter neben dem Lagertor ein Loch graben musste. Als es tief genug war, fesselte man seine Hände auf dem Rücken, band seine Füße zusammen und stellte ihn in das Loch. Zwei deutsche Gefangene mussten es nun zuschütten, bis nur noch der Kopf des Unteroffiziers herausragte.

Die deutschen Gefangenen waren entsetzt! Zumal der Anlass zu dieser furchtbaren Bestrafung ihrer Ansicht nach überhaupt nicht strafwürdig war. Diese grausame Prozedur ließ das Schlimmste befürchten. Sollte sich doch all das bewahrheiten, was von der deutschen Propaganda über die Behandlung der deutschen Kriegsgefangenen durch die Russen verbreitet worden war? Hatte Bernhard sich durch seine bisherigen, recht positiven Erfahrungen während der ersten Tage seiner Gefangenschaft noch von dem Glauben leiten lassen, die Kriegsgefangenschaft sei so eine Art Ehrenhaft, so wurde er jetzt eines Besseren belehrt.

In diesem provisorischen Sammellager, wo täglich neue Gefangene hinzu kamen, andere wieder abtransportiert wurden um andernorts untergebracht zu werden, konnte sich unter den Gefangenen noch keine Hierarchie bilden. Es gab keinen deutschen Lagerführer und auch keine andere Instanz, die befugt oder gar verpflichtet gewesen wäre, dieser mittelalterlichen Bestrafung entgegen zu treten. So wurden denn zunächst lediglich zwei Kameraden beauftragt, den Unteroffizier Schulten, bzw. seinen, wie es schien, auf dem Boden liegenden Kopf zu bewachen und darauf zu achten, dass Personen und Fahrzeuge, die das Lagertor passierten, ihn nicht verletzten.

Unterdessen wurde die Empörung im Lager immer größer. Ja, es entwickelte sich eine stetig wachsende ohnmächtige Wut, und es war nicht auszuschließen, dass die Situation eskalieren werde, was schreckliche Folgen gehabt hätte. In dieser gefährlich zugespitzten Lage übernahm ein Stabsfeldwebel, der auch ohne seine Rangabzeichen eine natürliche Autorität ausstrahlte, die Führung. Er stammte aus Niederschlesien, aus Liegnitz, und sprach gut russisch. Sein Name war Steinhausen. Er verständigte sich mit einigen Kameraden, die wohl aus seiner Einheit stammten, und zu dritt gingen sie in die Kommandantur. Steinhausen konnte kaum noch seinen Zorn beherrschen, als er, etwas lauter als notwendig, den Offizier ansprach: »Herr Leutnant, ich bitte Sie, den Gefangenen, Unteroffizier Schulte, sofort wieder ausgraben zu lassen. Sie schaden durch diese barbarische Bestrafung der ruhmreichen Sowjetunion, deren Führung eine solche Maßnahme bestimmt nicht akzeptieren würde.«

Der Kommandant, ein noch recht junger Mann, machte im Gegensatz zu Steinhausen einen recht unbedarften Eindruck. Er konnte sich nur auf Grund der für ihn günstigen Konstellation dem deutsche Stabsfeldwebel überlegen fühlen. Es dauerte denn auch eine geraume Weile, bis er wütend antwortete: »Was erlauben Sie sich! Wie reden Sie mit einem Offizier der siegreichen Roten Armee!?«

Steinhausen erwiderte in gleicher Lautstärke: »Ich rede so, wie man mit einem Offizier redet, der vergessen hat, wie man Kriegsgefangene behandeln muss, der vergessen hat, dass es die Genfer Konventionen gibt, nach denen die Kriegsgefangenen einen Anspruch auf die Achtung ihrer Person und ihrer Ehre haben und in keinem Fall zur Verbüßung von Disziplinarstrafen in Gefängnisse, Kerker oder Zuchthäuser verbracht werden dürfen. Was Sie hier machen, ist viel schlimmer als der härteste Kerker!«

Der Russe verlor fast die Fassung und schrie mit vor Erregung heiserer Stimme: »Schweig, du Nazischwein!«

»Sie können mich nennen wie Sie wollen; aber Sie können mich nicht daran hindern, an Ihre Vernunft zu appellieren«, antwortete Steinhausen, aufs Höchste erregt und nicht beachtend, in welche Gefahr er sich selbst damit begab.

Der Russe fingerte nervös an seiner Pistolentasche. Während er seine Waffe zog und sie auf Steinhausen richtete, schrie er die anwesenden russischen Soldaten an: »Schafft mir diesen Verbrecher aus den Augen, sonst erschieße ich ihn hier auf der Stelle!«

Zwei Soldaten sprangen hinzu, fassten Steinhausen an den Armen und wollten ihn aus dem Raum ziehen. Der wehrte sich jedoch und schüttelte die von solcher Frechheit überrumpelten Soldaten ab, ging die paar Schritte auf den Schreibtisch zu, hinter dem der Offizier mit der auf ihn gerichteten Pistole stand. »Erschießen Sie mich doch!« schrie er den Russen an. »Das ist dann aber keine Heldentat der siegreichen Roten Armee!«

Einen Augenblick schien es, als ob der Russe tatsächlich die Pistole abdrücken werde; aber ehe es dazu kam, wurde die Tür der Kommandantur schwungvoll geöffnet und einer der wachhabenden russischen Soldaten stürzte herein und meldete erregt das Eintreffen einer Delegation, die das Lager inspizieren wolle. Kaum hatte der Soldat seine Meldung abgegeben, als auch schon ein Major mit einem Gefolge von drei oder vier Offizieren, einigen Unteroffizieren und Soldaten den Raum betrat. Ohne sich Zeit für eine Begrüßung zu lassen, fragte er den Leutnant streng: »Was geschieht hier? Wer hat angeordnet, den Gefangenen dort draußen einzugraben?« Der Leutnant steckte, sichtlich verwirrt, seine Pistole wieder ein und versuchte mit ungelenken Worten dem Major das Geschehene zu erklären. Der ließ sich aber auf keine Diskussion ein, sondern befahl, den Gefangenen sofort wieder auszugraben. Was auch geschah.

Während dieser Unterredung hatte Steinhausen mit seinen Leuten, von den Russen unbemerkt, die Kommandantur wieder verlassen. Wenig später sahen sie, wie der inzwischen wieder ausgegrabene Unteroffizier Schulten, der junge russische Lagerkommandant und der bedauernswerte Iwan von drei Soldaten aus der Begleitung des Majors festgenommen, in eine Auto gesetzt und abtransportiert wurden.

Als die Gemüter sich nach diesem Zwischenfall wieder beruhigt hatten, mussten die Gefangenen auf dem Appellplatz vor der Scheune antreten. Der Major hielt eine kurze Ansprache, die von einem russischen Dolmetscher mühsam übersetzt wurde. Er entschuldigte sich quasi für die provisorische Einrichtung des Lagers und tröstete die Gefangenen mit dem Hinweis, dass sie bald in andere, besser eingerichtete Lager überführt würden. Ohne wörtlich darauf einzugehen bezog er sich aber doch wohl auf die grausame Bestrafung des Unteroffiziers Schulten als er sagte, dass die deutschen Kriegsgefangenen in der Sowjetunion mit einer korrekten Behandlung rechnen könnten, sowie mit ausreichender Verpflegung und ärztlicher Betreuung. Allerdings erwarte man von ihnen absoluten Gehorsam und Fleiß. Ihnen werde in nächster Zeit Gelegenheit gegeben, durch ihre Arbeit wenigstens einen Teil der Schäden wieder gut zu machen, die sie durch ihren Überfall auf die Sowjetunion angerichtet hätten. Dann stellte er noch einen Hauptmann aus seiner Begleitung als neuen Kommandanten vor und verließ mit seinen Leuten wieder das Lager.

Als Bernhard und Hermann Bauer danach auf ihrer Pritsche zusammen saßen, sagte Hermann: »Jedenfalls brauchen wir jetzt nicht mehr auf eine baldige Heimkehr zu hoffen.«

»So ist es wohl«, antwortete Bernhard.

4

Es war im Dezember 1945. Die Ruhr-Epidemie hatte ihren Höhepunkt erreicht. Längst reichte das Lagerlazarett nicht mehr aus, um alle Kranken aufzunehmen. Von den etwa 3000 Insassen des Lagers in Beschitza waren mehrere Hundert erkrankt. Die Zahl der Gefangenen, die unter »normalen« Umständen schon an Entkräftung und Unterernährung starben, wurde durch diese Epidemie noch weit übertroffen, und die Friedhofbrigade – ein begehrter Arbeitsplatz, weil es dort Sonderverpflegung gab – musste verstärkt werden, um die täglich anfallenden Leichen zu bestatten. Die Lagerärzte – sowohl die russischen als auch die deutschen – bemühten sich aufopfernd um Hilfe; aber ihnen waren die Hände gebunden. Dringend benötigte Medikamente waren entweder nicht ausreichend oder gar nicht verfügbar. Oft mussten Ärzte und Sanitäter hilflos zusehen, wie ihre Patienten den Kampf gegen die Krankheit verloren.

Auch Bernhard war von der Seuche befallen. Er lag in einem der kasernenartigen Gebäude des Lagers, das notdürftig als Seuchenlazarett eingerichtet war und gehörte zu den Glücklichen, die ein Bett hatten. Die meisten mussten mit Strohsäcken oder Matratzen vorlieb nehmen, die auf den Fußböden der Zimmer und der Flure lagen. Er war aber kaum noch in der Lage, diesen »Vorteil« zu realisieren. Koliken, häufiges Erbrechen und immer wieder der schmerzhafte Drang, den entzündeten Darm zu entleeren, sowie eine durch den permanenten Flüssigkeitsverlust entstandene Exsikkose hatten ihn in einen apathischen Dämmerzustand versetzt, der ihm kaum noch erlaubte, seine Umgebung wahr zu nehmen. Wie auch seine Leidensgenossen war er bis zum Skelett abgemagert, hatte oft wirre Träume, wobei er unartikulierte Laute von sich gab und manchmal sogar weinte und lachte. Immer wieder erlebte er dabei die Hinrichtung seines Freundes Josef Oberhuber. Auch die Szene im Haus der alten Damen, wo der russische Offizier zu Tode gekommen war, beschäftigte oft sein Unterbewusstsein. Manchmal glaubte er Hanna zu sehen, die ihm wie ein Engel erschien, weiß gekleidet, auf einer sonnigen Wiese oder am Ufer eines Flusses, wo sie weiße und schwarze Schwäne fütterte. Trotz allem stand er manchmal auf, um einen der Kübel zu erreichen, die am Ende der Flure standen, weil man es den geschwächten, halb verhungerten und apathischen Patienten der »Isolierstation« nicht mehr zumuten konnte, die außerhalb des Hauses gelegenen Toiletten aufzusuchen.

Wieder einmal wankte Bernhard über den Flur. Kaum konnte er noch aus eigener Kraft gehen. Er hatte hohes Fieber. Alles flimmerte vor seinen Augen. Mit den Händen glitt er an der Wand entlang, um die Richtung nicht zu verfehlen. Sein Leib schmerzte. Nur mit großer Anstrengung konnte er es verhindern, sich schon zu entleeren, bevor er einen der Holzkübel erreicht hatte. Als er jedoch in sein Bett zurückkehren wollte, versagten seine Kräfte. Er wurde ohnmächtig und fiel zu Boden. So fand ihn sein Freund Hermann Bauer, der wegen seiner medizinischen Kenntnisse als Sanitäter arbeitete. Er war vor mehreren Monaten, zusammen mit Bernhard, aus dem Sammellager bei Schaulen nach Beschitza, einer kleinen Stadt in der Nähe von Brjansk, gekommen, wo die Gefangenen beim Aufbau einer durch den Krieg zerstörten Lokomotivenfabrik eingesetzt wurden.

Hermann Bauer verständigte sofort den zuständigen deutschen Arzt, und gemeinsam brachten sie Bernhard zurück in sein Bett. Schon während sie ihn trugen, wurde er sehr unruhig, so dass die beiden Mühe hatten, ihn ins Bett zu bringen. Dabei gab er fast tierisch anmutende Laute von sich. Der Arzt blickte den Sanitäter jedoch hilflos fragend an, als Bernhard deutlich das Wort »Sardinen« formulierte. Mehrmals. In verschiedenen Tonlagen. Manchmal klang es fast, als ob er das Wort singen würde. Nachdem er sich dann scheinbar wieder etwas beruhigt hatte, richtete er sich plötzlich auf und sagte überraschend laut und deutlich: »Nein! Nein! Das ist ein Irrtum! Das ist nicht mein Zug! Lasst mich!« Dann sackte er zusammen, fiel zurück und bewegte sich nicht mehr. Der Arzt fühlte seinen Puls und hörte mit dem Stethoskop das Herz ab. »Es steht sehr schlecht um Ihren Freund«, sagte er. »Ich glaube kaum, dass er es schafft.« Dann deckte er ihn zu, legte fast zärtlich seine Hand auf Bernhards Stirn und flüsterte: »Du hast es bald geschafft.« Dann verließ er mit dem Sanitäter das Krankenzimmer.

Auf dem Flur fragte der Arzt: »Haben Sie eine Ahnung wovon er phantasiert hat? Wieso spricht er in seinen Fieberträumen von Sardinen und von einem Zug, der nicht ihm gehört?«

»Das kann ich erklären«, antwortete der Sanitäter. »Er erinnert sich an den Transport von dem Auffanglager bei Schaulen hierher nach Beschitza. Sie wissen ja, dass ich auch dabei war. Wir litten alle unter fürchterlichem Durst. Es war in den kaum belüfteten und gut verschlossenen Güterwagen entsetzlich heiß. Ich habe erlebt, wie Kameraden kostbare goldene Uhren oder sehr wertvolle Erinnerungsstücke wie Ringe, Ketten, Medaillons oder Ähnliches, die sie während des ganzen Krieges sorgfältig gehütet hatten, für einen kleinen Becher Wasser eintauschten. In dieser Situation bestand die Verpflegung aus salzigen Sardinen. Da wir alle sehr hungrig waren, aßen wir sie natürlich. Ich glaube gar nicht, dass die Russen das mit der Absicht getan haben, um uns zu quälen. Es war wohl einfach nichts anderes da. Auch die russischen Wachmannschaften bekamen nicht gerade üppiges Essen.«

»Das waren ja schlimme Zustände«, sagte der Arzt. »Da muss man sich wundern, dass der Transport überhaupt halbwegs gesund hier angekommen ist.«

»Nun, in den ersten Wochen der Gefangenschaft waren wir ja alle noch recht gut bei Kräften. Aber dennoch: unseren Freund Bernhard hätten wir unterwegs fast verloren.«

»Wurde er krank?«

»Nein, das nicht. Man wollte ihn kidnappen.«

»Wie soll ich denn das verstehen?«

»Man könnte darüber lachen, wenn es nicht so traurig wäre.

Sie werden ja aus eigener Erfahrung wissen, dass bei den Gefangenen, besonders in der ersten Zeit der Gefangenschaft, immer wieder über Fluchtmöglichkeiten spekuliert wurde. Vor allem während der Gefangenentransporte boten sich dazu hin und wieder Möglichkeiten, die auch manchmal genutzt wurden, wenn auch selten mit Erfolg.«

»Hat Bernhard etwa auch einen Fluchtversuch unternommen?

»Nein das nicht. Die Sache war viel – wie soll ich es sagen – viel skurriler. Nicht Bernhard hatte einen Fluchtversuch unternommen, sondern zwei Gefangene aus einem anderen Transport, mit dem wir eines Nachts auf einem Güterbahnhof in der Nähe von Minsk zusammentrafen, um Verpflegung zu empfangen und die Toilettenkübel auszuleeren, die in jedem Wagon standen und nicht gerade zur Verbesserung der Luft beitrugen. Nun war es wohl für die Wachmannschaften sehr unangenehm, wenn die Zahl ihrer Gefangenen bei der Ankunft nicht mehr die gleiche war wie bei der Abfahrt. Die Wachmannschaften, denen die Gefangenen entflohen waren, versuchten hier, Gefangene eines anderen Zuges zu »kidnappen«. Begünstigt wurde das durch die Dunkelheit und durch die etwas verworrene Situation bei der Verpflegungsausgabe. So geschah es, dass unser Bernhard, der abkommandiert war um Verpflegung zu empfangen, sich plötzlich in der Gewalt eines »fremden« Transportes befand. Nun könnte man sagen, dass es doch ziemlich gleichgültig ist, mit welchem Transport man in die Gefangenschaft geschickt wird. Das ist aber nicht so. Wenn alle bisherigen Bindungen nicht mehr existieren, wenn es keine Kompanieführer und keine Bataillonskommandeure mehr gibt, die trotz aller kriegsbedingter Schwierigkeiten ein Gefühl von Geborgenheit, von Rechtssicherheit vermitteln, wenn zudem keine Kontakte mehr zu den Freunden und Verwandten in der Heimat bestehen und es auch keine Hoffnung gibt, dass sich dieser Zustand in absehbarer Zeit wieder ändern wird, dann hat die Bindung an einen oder mehrere Kameraden eine viel größere Bedeutung, als man sich das unter normalen Umständen vorstellen kann. Es ist darum verständlich, dass

Bernhard alles versuchte, um wieder zu »seinem« Transport zu gelangen und laut um Hilfe schrie. Mit Erfolg! Unsere Wachmannschaften wurden aufmerksam und es kam zu einem regelrechten Gerangel zwischen den beiden Interessengruppen, an dessen Ende Bernhard wieder zurückgeholt wurde. Dieses Ereignis hat ihn wohl so stark bewegt, dass er es auch jetzt noch in seinen Fieberträumen erlebt, obwohl inzwischen mehrere Monate vergangen sind.«

Sie hatten das Treppenhaus vor der so genannten »Ambulanz« erreicht. Auf dem Boden und auf den Stufen der Treppe saßen und lagen entkräftete Gefangene, die auf die ärztliche Untersuchung warteten und auf eine Einweisung in das Lazarett hofften. Vier Leute der Bestattungsbrigade bemühten sich, einen Verstorbenen durch die Wartenden hindurch hinaus zu tragen. Als sie den Arzt sahen sagte einer zu ihm: »Können Sie nicht dafür sorgen, dass unsere Brigade verstärkt wird? Wir benötigen dringend mehr Leute. Alleine in der letzten Nacht sind acht Kameraden gestorben. Wir wissen bald nicht mehr, wie wir das alles bewältigen sollen, zumal der Boden hart gefroren ist.«

»Ich werde sehen, was ich tun kann«, versuchte der Arzt zu beschwichtigen und wusste doch, dass er nichts erreichen würde.«

»Wenn wir nur mehr und bessere Medikamente hätten«, sagte er zu Hermann Bauer.

»Es soll ja in den nächsten Tagen Medikamente geben, habe ich gehört. Ist das auch wieder nur so ein Gerücht oder glauben Sie daran?« fragte dieser den Arzt.

»Man hat es uns jedenfalls versprochen«, antwortete der, »aber für viele ist es dann zu spät.«

5

Bernhard überlebte die Epidemie. Nicht zuletzt auch deshalb, weil man an höherer Stelle den Ernst der Lage in Beschitza erkannt hatte und dann doch, wenn auch etwas spät, wirkungsvolle Hilfe leistete. Mehrere russische Medizinerinnen und Mediziner kamen zur Unterstützung der überlasteten Lagerärzte in das Lager. Auch das Medikamentenproblem wurde, wenn auch nicht gelöst, so doch verbessert.

Es war Anfang Februar 1946, als Bernhard das Lazarett verlassen konnte. Er war noch für mehrere Wochen von der Arbeit befreit und wohnte mit anderen Gefangenen, die ebenfalls noch einmal davongekommen waren, in einer besonderen Baracke, die von den Genesenden etwas großzügig als »Rekonvaleszentenpalast« bezeichnet wurde, wenn auch die Situation nicht ganz dem entsprach, was man sich unter normalen Verhältnissen unter einer solchen Bezeichnung vorzustellen hat. Sie lebten dort wie in einer Enklave, umgeben von Kälte, Eis und Schnee und von einigen Tausend entkräfteter und hungernder Gefangener, die sich täglich in die Lokomotivenfabrik schleppten um mit unzureichenden Werkzeugen, schlechter Organisation und russischen Arbeitern, die oft weder äußerlich noch in ihrem Arbeitseifer von den deutschen Gefangenen zu unterscheiden waren, Trümmer zu beseitigen und in einer provisorisch eingerichteten Werkshalle eine Lokomotive zu bauen. Viele von ihnen waren gesundheitlich in keiner besseren Verfassung als die Privilegierten in dem »Rekonvaleszentenpalast«; aber sie hatten nicht das »Glück« gehabt, durch die Hölle der Ruhrepidemie gegangen zu sein, und nur solchen wurde die Gnade zuteil, sich unter relativ günstigen Bedingungen erholen zu können.

Die Untätigkeit und die damit verbundene Langeweile verführten zu allen möglichen Grübeleien, zu dilettantischem Philosophieren über die eigene Lage, über die allgemeinen Zustände nach dem Krieg und zu beängstigenden Gedanken über das unbekannte Schicksal von Freunden und Verwandten. Trotz der gegenwärtigen positiven Situation in diesem »Rekonvaleszentenpalast« fühlten sie sich doch wie in einem luftleeren Raum, ohne irgend einen festen Halt, willenlos, wie ein Stück Holz in einem reißenden Bach, der Willkür oder den Launen ihrer Bewacher ausgeliefert. Sie hatten den Boden unter den Füßen verloren. Der deutsche Staat war das Fundament gewesen, auf dem sie gestanden hatten, nicht immer bequem gestanden hatten, aber er war doch ein fester Orientierungspunkt, von dem aus sie denken und handeln konnten. Mit ihm verbanden sie ihre Familien und ihre Freunde. Seine Beamten hatten Ärger aber auch Zuverlässigkeit vermittelt. Sie hatten sich in ihm, dem deutschen Staat, in einer ganz besonderen, durchaus auch kritischen Art geborgen gefühlt. Die Fehler des Staates, unter denen sie und mit ihnen nun das ganze deutsche Volk zu leiden hatten, kreideten sie nicht dem Staat schlechthin an, sondern seinen Repräsentanten, den verantwortlichen Politikern, den Mandatsträgern, die den deutschen Staat in diese Misere geführt hatten.

In dieser Situation interessierte es sie überhaupt nicht, was kluge Philosophen und Rechtsgelehrte über den Staat, über den Unterschied zwischen Staat und Nation, über den Unterschied von Nation und Volk gedacht, gesagt und geschrieben hatten. Für sie waren Staat, Nation und Volk verschiedene Begriffe für die gleiche Sache, für Deutschland. Hier interessierten nur die erlebten Tatsachen, unabhängig davon, wie sie »fachmännisch«, »philosophisch« oder »politisch« interpretiert werden konnten. Und diese Tatsachen waren vor allem der Verlust der Freiheit und vieler Werte, für die sie bisher gelebt und zwangsläufig auch gekämpft hatten. Und einer dieser Werte war der deutsche Staat, war Deutschland gewesen.

Nun wurden aber nicht nur dessen Verantwortliche verdammt, sondern – so schien es den Gefangenen jedenfalls in dieser Zeit – der ganze Staat war nicht mehr erwünscht. Sie hatten das Gefühl, die ganze Menschheit wolle sich von dem deutschen Staat befreien, der so großes Unheil fast über die ganze Welt gebracht hatte. Sie waren deprimiert, ohne Hoffnung. Bilder aus der Antike drängten sich auf, wo ganz Völkerschaften in die Sklaverei getrieben wurden, in ein hoffnungsloses Elend. Sie lebten in Angst und Niedergeschlagenheit. Je mehr Nachrichten sie über die Gräueltaten ihrer Landsleute erhielten – auch die Aufseher in den Konzentrationslagern waren ihre Landsleute – desto größer wurden die kollektiven Schuldgefühle, von denen sie schier erdrückt wurden, obwohl sie selbst keine Juden vergast, keine Frauen geschändet und keine Menschen misshandelt hatten, nur weil sie einer anderen Nation oder einer anderen Rasse angehörten. Aber es war geschehen, war von Deutschen geschehen und sie waren auch Deutsche. Deutsche, die Verantwortung für etwas übernehmen sollten, wofür sie nicht nur nicht verantwortlich waren, sondern wovon die meisten von ihnen auch bisher nichts gewusst hatten. Es ist schlimm, für Untaten verantwortlich gemacht zu werden, die ohne eigenes Zutun, ja ohne eigenes Wissen geschehen sind.

Einmal wöchentlich kam eine Ärztekommission in den »Rekonvaleszentenpalast« um sich von dem Gesundheitszustand der Insassen zu überzeugen und die nach ihrer Meinung arbeitsfähigen Gefangenen wieder in den Arbeitsprozess einzugliedern. So wurde denn nach einigen Wochen auch Bernhard als arbeitsfähig erklärt. Da viele Gefangene der Seuche zum Opfer gefallen waren, hatte es große personelle Veränderungen gegeben. Die bis dahin noch bestehende Trennung zwischen den »Altgefangenen« und den »Neuen« war nun weitgehend aufgehoben und Bernhard wurde einer Arbeitsbrigade mit ihm bis dahin unbekannten Kameraden zugeteilt. Sie hatten die Aufgabe, Ziegelsteine der zusammengestürzten Mauern einer zerstörten Fabrikhalle zu säubern, so dass man sie wieder verwenden konnte. Er wunderte sich über das deutlich verbesserte Verhältnis zwischen den »Alten« und den »Neuen«. Es war noch gar nicht so lange her, da konnte von Kameradschaft zwischen den beiden Gruppen kaum die Rede sein. Er erinnerte sich an ein für ihn geradezu erschütterndes Ereignis bei der »Filzung« in Beschitza, als sie in das Lager eingeliefert wurden. Diese »Filzungen« waren, wie Bernhard in den nächsten Jahren noch öfter erfahren sollte, ein wesentlicher Bestandteil der Philosophie eines kommunistisch-totalitären Systems. Zwar gibt es auch »Filzungen« in den Gefangenenlagern anderer Länder. Sie sind sogar berechtigt. Ist es doch selbstverständlich, dass Gefangene keine Gegenstände oder gar Waffen besitzen dürfen, die den Bewachern gefährlich werden können, oder für Fluchtversuche geeignet sind. Die »Filzungen« in den russischen Kriegsgefangenenlagern gingen aber weit darüber hinaus! Jedenfalls in den ersten Jahren durfte der Gefangene praktisch nichts sein Eigen nennen. Es war ihm verwehrt, auch nur die geringste Privatsphäre zu haben. Nicht nur der Besitz von Gegenständen, nein auch »geistiger Besitz« war verpönt, wurde als Raub an der Gemeinschaft betrachtet. Ein Mensch mit eigenen Gedanken, die nicht durch die kommunistische Weltanschauung gedeckt waren, galt als gefährlicher Außenseiter, als Reaktionär, der nicht gemeinschaftsfähig ist und also bekämpft werden muss. Als Folge dieser Maxime wurde den Gefangenen bei den in unregelmäßigen Abständen immer wiederkehrenden Filzungen praktisch alles abgenommen, was nicht angewachsen war oder zur notwendigsten Kleidung gehörte. In erster Linie natürlich Bücher und andere Schriftstücke wie Briefe, Tagebücher oder Ähnliches, und selbstverständlich Schreibgeräte. Aber auch Photographien, oder Erinnerungsstücke wie Ringe, Amulette und Uhren.

Bei dieser ersten »Filzung« in Beschitza kam aber noch etwas Gravierendes hinzu, etwas schier Unglaubliches, was die neu hinzugekommenen Gefangenen nicht für möglich gehalten hätten: Die »Filzungen« wurden unter Aufsicht der Russen von einigen »Altgefangenen« durchgeführt! Und zwar mit großer Begeisterung. Kein Russe hätte gründlicher die Taschen durchsuchen können, kein noch so bösartig gesonnener »Iwan« wäre in der Lage gewesen, die Körper gröber abzutasten, und niemand hätte dabei hämischere und schadenfrohere Kommentare abgeben können als die deutschen »Altgefangenen«! Entsprechend wurden sie von den »Neuen« eingestuft – als Verräter, die sich – wahrscheinlich für eine zusätzliche Suppe – dazu hergaben, ihre eigenen Landsleute zu schikanieren.

Erst später war Bernhard – und mit ihm die meisten seiner Kameraden – in der Lage, das Verhalten dieser Gefangenen zu verstehen. Er lernte im Laufe der nächsten Wochen und Monate Menschen kennen, die zum Teil schon in den ersten Monaten des Russlandfeldzuges in Gefangenschaft geraten waren und jahrelang Tag für Tag unter menschenunwürdigen Verhältnissen auf Feldern, in Steinbrüchen, Fabriken und Waldlagern geschuftet hatten, dabei zusehen mussten, wie Kameraden verhungerten, an Entkräftung und Krankheiten zu Grunde gingen, wobei im permanenten Überlebenskampf gegenseitige Rücksichtnahme alleine aus existenziellen Gründen an Bedeutung verlor und sich stattdessen Verhaltensregeln entwickelten, die für alle, die eine solche Situation nicht selbst erlebt haben, unverständlich sein müssen. Es galt das Recht des Stärkeren. Gemeint ist hier nicht des physisch Stärkeren. Viel wichtiger war die geistige Stärke als Voraussetzung für den Überlebenswillen, ja, auch für die Kraft zur Rücksichtslosigkeit!

Zu diesen auf eine sehr tiefe Stufe der menschlichen Existenz hinunter gezwungenen Menschen, die hier nicht verunglimpft werden sollen, die vielmehr im Rahmen der erlebten generell unmenschlichen Situation auch ganz gewiss nicht als unmoralisch beschimpft werden dürfen, kamen nun nach dem Kriegsende die wohlgenährten, zumeist auch noch gut gekleideten Soldaten, die zunächst gar nicht in der Lage waren, die »Altgefangenen« auch nur annähernd zu verstehen, die sich oft sogar durch überhebliche und unqualifizierte Äußerungen den »Alten« gegenüber ins Unrecht setzten, gar beleidigend wurden. Und wenn sie nicht in kurzer Zeit auf das gleiche Niveau hinabgesunken sind dann nur deshalb nicht, weil sich nach Beendigung des Krieges die Zustände auch in den russischen Gefangenenlagern deutlich verbessert haben und dadurch die hier beschriebenen krassen Unterschiede im Laufe der Zeit stark gemildert wurden.

Aber nicht nur das positiv veränderte Verhältnis zwischen

den alten und den neuen Kriegsgefangenen war es, worüber
Bernhard sich wunderte, als er zum ersten Mal seit seiner Erkrankung wieder durch das Lagertor zur Arbeit ausmarschierte.
Auch die Art der Bewachung hatte sich geändert. Sie war viel
lockerer geworden. Da die Lokomotivenfabrik ohnehin eingezäunt war und nur sehr schwer unbeobachtet verlassen werden
konnte, zumal auch das sie umgebende sumpfige Land und die
daran vorbeifließende Dessna zusätzlich fast unüberwindliche
Grenzen darstellten, waren die Russen wohl der Meinung, dass
es hier keine Fluchtversuche geben werde, womit sie auch Recht
hatten. Die Gefangenen wurden darum von den Wachsoldaten
nur bis zum Fabriktor begleitet, wo dann zumeist älterer Zivilisten, die zu keiner anstrengenden Arbeit mehr fähig waren,
die »Bewachung« übernahmen. Man hatte ihnen alte Flinten
in die Hand gedrückt – es war fraglich, ob sie die überhaupt
bedienen konnten – und kümmerte sich nicht weiter um sie.
Da die Brigaden immer dieselben »Bewacher« hatten, entstand
bald ein gutes, wenn nicht gar freundschaftliches Verhältnis
untereinander, was der Arbeit durchaus förderlich war. Es
gehörte nämlich zu den Aufgaben der Bewacher, für die Erfüllung bzw. die Übererfüllung der Arbeitsnormen zu sorgen.
Wenn das nicht geschah, bekamen sie große Schwierigkeiten,
wahrscheinlich noch größere, als die Kriegsgefangenen.

Die Brigade, der Bernhard angehörte, wurde von Alex »bewacht«. Um den sympathischen Mann nicht in Schwierigkeiten
zu bringen, wurde sehr fleißig gearbeitet. Als Gegenleistung
besorgte er seinen Gefangenen allerlei Kleinigkeiten – ein
kleines Brot, ein paar Kartoffel, auch schon einmal etwas Obst.
Das Vertrauensverhältnis war schließlich so groß, dass er sich,
sobald er seine Brigade an die Arbeitsstelle geführt hatte und
die Arbeit eingeteilt war, unter irgend einem Busch zum Schlafen niederlegte. Die Gefangenen weckten ihn wenn es Zeit zur
Heimkehr war. Er schulterte dann sein Gewehr und sobald
russische Posten in Hörweite waren, brüllte er die Gefangenen
mit einigen der drastischen russischen Schimpfworte an und
lieferte sie augenzwinkernd am Tor ab, die Aufträge für den
nächsten Tag in der Tasche.

Alex bekam eines Tages fürchterliche Zahnschmerzen. Zufällig war in der Brigade auch ein Zahnarzt, der nach kurzer Untersuchung feststellte, dass es sich um einen vereiterten Backenzahn handele, der unverzüglich gezogen werden müsse. Am nächsten Tag war die Backe ungeheuer angeschwollen und Alex wimmerte nur so vor sich hin. Er habe nicht zum Zahnarzt gehen können. Der für ihn zuständige Arzt sei nicht erreichbar gewesen. Warum das so war, konnten die nun auch sehr besorgten Gefangenen nicht klären. Der deutsche Zahnarzt in der Brigade sah sich den armen Kerl noch einmal an und stellte fest, dass die Sache sehr gefährliche Formen angenommen hatte. Wenn der Zahn nicht sofort gezogen werde, könne ein ernsthaftes, vielleicht sogar ein lebensbedrohendes Problem entstehen. Ob er ihm denn nicht helfen könne, jammerte Alex. Aber unser Arzt hatte natürlich keinerlei Instrumente oder gar Narkosemittel zur Verfügung. Da die Sache aber ganz offensichtlich sehr schlimm war, erbot er sich, den Zahn zu ziehen, wenn er in der nahen Schlosserei eine für die Prozedur geeignete Zange finden würde. Alex war einverstanden. Unser Zahnarzt fand tatsächlich ein ihm geeignet erscheinendes Instrument, glühte es im Feuer der benachbarten Schmiede aus und zog damit unter den neugierigen Blicken der russischen Schlosser und Schmiede und der deutschen Arbeitsbrigade Alex den Zahn. Der gab zwar keinen einzige Laut von sich, doch als alles überstanden war und er sich erleichtert das Corpus Delicti anschaute, schloss er die Augen, wurde ohnmächtig und fiel vom Stuhl. Aber schon nach wenigen Augenblicken kam er wieder zu sich und konnte es kaum fassen, dass die Sache offensichtlich gut gelungen war. Einer der russischen Arbeiter holte aus irgend einem Versteck eine halbe Flasche Wodka und überreichte sie Alex, worüber der sich maßlos freute.

Das Arbeitsleben sowohl der russischen Arbeiter als auch der Kriegsgefangenen wurde ganz wesentlich von den »Normen« bestimmt. Die »Norm« schreibt vor, wie viel Arbeit auf einem bestimmten Gebiet geleistet werden muss, um 100% zu erreichen. Hat eine Brigade 100% erreicht, ist das allerdings noch nichts Besonderes. Es wird die Übererfüllung der Norm erwartet. Die Russen wissen, wie man Menschen zu erhöhten Arbeitsleistungen animieren kann – man darf sie nicht ganz satt machen, aber man muss ihnen das Sattwerden in Aussicht stellen! Ein Übererfüllung der »Norm« bedeutet darum eine zusätzliche Suppe oder ein extra Stück Brot. Dieses System verführt aber auch zu allen möglichen Tricks, die zwar einer Erfüllung oder gar Übererfüllung der Norm und den damit verbundenen Vorteilen dienlich sind, aber nicht die Qualität der Arbeit fördern. So ist zum Beispiel von einer Brigade zu berichten, die auf einem großen Rübenfeld die von einer Saatmaschine in langen, parallellaufenden Reihen ausgesäten kleinen Rübenpflanzen lichten sollte, da die Rüben zu ihrer Entwicklung mehr Platz benötigen, als ihnen bei den maschinell ausgesäten Saatkörnern gelassen wird. Dabei werden die meisten Rübenpflanzen entfernt. Nur in ausreichenden Abständen darf eine Pflanze stehen bleiben, die sich dann zu einer großen Rübe entwickeln kann. Dieses Ausrupfen muss von Hand geschehen. Da aber nicht nur Rübenpflanzen auf dem Feld wachsen, sondern auch allerlei Unkraut, bedarf es großer Aufmerksamkeit, um nicht die kleinen Rübenpflanzen mit dem Unkraut zu verwechseln.

Hier wurden nun eine russische und eine deutsche Brigade gemeinsam eingesetzt, um diese Arbeit zu verrichten. Jede Brigade hatte zwölf Arbeiter, bzw. bei den Russen auch Arbeiterinnen. Jeder bekam eine Reihe zugeteilt, die er bearbeiten musste. Schon bald zeigte es sich, dass die Russen bedeutend schneller vorankamen als die Deutschen. Der russische Natschallnik schimpfte ganz fürchterlich über die Faulheit der Deutschen. Die Situation änderte sich, als die Deutschen die Arbeitstechnik der Russen bemerkten – sie machten sich nicht die Mühe der Auswahl, sondern ließen einfach im vorgeschriebenen Abstand eine Pflanze stehen. Manchmal war es zufällig eine Rübenpflanze, aber meistens täuschte ein ebenfalls grünes Unkraut nur darüber hinweg, mit welcher Methode hier gearbeitet wurde. Nach kurzer Beratung übernahmen nun auch die Deutschen diese Technik und hatten schon bald zur vollen Zufriedenheit des Natschallniks die Russen nicht nur eingeholt, sondern sogar überflügelt. Mit dem stolzen Ergebnis von 130% fuhren sie nach Hause und konnten sich an diesem Abend an einer zusätzlichen Portion Suppe erfreuen.

Wenige Wochen später erlebten die Gefangenen ein Stück echter kommunistischer Demokratie. In den politischen Schulungen, die sowohl von deutsch sprechenden russischen Funktionären als auch von besonders dafür ausgebildeten Gefangenen durchgeführt wurden, behandelte man immer wieder die »freieste und fortschrittlichsten Verfassung der Welt«. Gemeint war die Verfassung der Sowjetunion. Dabei zitierten die Instrukteure gerne den russische Dichter N. Tichow, der bei einer festlichen Gelegenheit gesagt haben soll: »Stolz wie kein anderer Mensch erhebt der Sowjetbürger sein Haupt. Überall sonst werden die Menschen vom Staat regiert, er aber regiert selbst den Staat, der freieste Mensch, den die Erde je gesehen hat.« Und nach der Stalinschen Verfassung aus dem Jahr 1936 stimmt das auch. Alle Freiheiten, für die schon in der französischen Revolution gekämpft wurde, sind hier verwirklicht. Versammlungsfreiheit, Pressefreiheit, Demonstrationsfreiheit – alles ist garantiert. In der Tat eine fortschrittliche Verfassung! Allerdings wird in diesen Unterrichtsstunden die Tatsache verschwiegen, dass in der politischen Rhetorik der kommunistischen Sowjetunion die teuflisch pervertierte Kunst kultiviert wird, einen positiv besetzten Begriff – wie etwa »Freiheit« – mit scheinwissenschaftlichen Argumenten und Erklärungen in das Gegenteil zu verkehren, ihn aber dennoch als positiv im Sinne der kommunistischen Doktrin den Menschen zu vermitteln. So wird zum Beispiel bei so genannten »freien Wahlen« eine imposante demokratische Fassade errichtet, die dann aber mit geradezu krimineller Energie so misshandelt wird, dass viele Menschen, die durch eine brutal versimpelte Philosophie in politischen Schulungen verdummt wurden, das gar nicht mehr bemerken.

Zu einer derartigen Erkenntnis musste Bernard kommen, als er die Wahlen zum »Antifaschistischen Ausschuss« im Lager Beschitza erlebte. Dieses Gremium war so eine Art Lagerselbstverwaltung. Ein Begriff, der genau so irreführend ist wie »Rekonvaleszentenpalast«. Aber die Sowjets hielten solche scheindemokratischen Spielereien wohl für notwendig, um die Deutschen für ein Leben in einem künftigen kommunistischen Deutschland reif zu machen.

Zu den Wahlvorbereitungen gehörte auch die Erstellung einer Kandidatenliste. Alle Gruppierungen waren berechtigt, Kandidatenanwärter zu benennen. Sowohl die antifaschistischen Aktivisten als auch die Oppositionellen, die dem kommunistischen System kritisch oder gar ablehnend gegenüberstanden. In einer großen, öffentlichen Versammlung wurden die Kandidatenanwärter dann präsentiert und mussten über sich selbst Auskunft geben und Fragen beantworten. Insbesondere Fragen über ihre politische Gesinnung, speziell über ihr Verhältnis zum Kommunismus. Kaum einer hatte den Mut, sich öffentlich zum Antikommunismus zu bekennen, weil das ganz gewiss nachteilige Folgen gehabt hätte. Sie ließen sich darum erst gar nicht als Kandidat aufstellen. Wenn sie es dann doch taten, versuchten sie, sich bei der Befragung mit indifferenten Aussagen aus der Affäre zu ziehen. Damit boten sie ihren Gegnern dann genügend Angriffspunkte, um als Männer hingestellt zu werden, die nicht wissen, was sie wollen, die keinen festen Standpunkt haben und darum wohl kaum in der Lage seien, die Interessen ihrer Kameraden wirkungsvoll zu vertreten

Nach dieser Befragung wurde darüber abgestimmt, wer auf die endgültige Kandidatenliste gesetzt werden soll. Und diese Abstimmung war öffentlich! Jeder konnte also sehen und hören, wer für wen stimmte. Kaum einer wird es unter diesen Umständen riskiert haben, sich zu einem oppositionellen Kandidaten zu bekennen. Es war also praktisch unmöglich, dass ein nicht regimetreuer Kandidatenanwärter – wenn er denn nach einer solchen Befragung überhaupt noch kandidierte – genügend Stimmen bekommen hätte, um auf die endgültige Kandidatenliste gesetzt zu werden. Die sich daran anschließende Wahl war dann tatsächlich geheim, mit Wahlkabinen und verschlossenen Stimmzetteln.

Nach einer solchen scheindemokratischen Prozedur war nicht

zu befürchten, dass unbequeme Mitglieder dem Antifaschistischen Ausschuss angehören würden.

Als Bernhard nach diesen Erfahrungen mit einem Kameraden zusammen saß und nicht wusste, wie weit er sich ihm mit seinen Gedanken anvertrauen durfte – Spione gab es auch hier! – sagte dieser plötzlich: »Endlich habe ich den Unterschied zwischen dem Kommunismus und dem Nationalsozialismus begriffen«

»Wie kommst du denn jetzt auf solche Gedanken?«

»Im Zusammenhang mit der so genannten freien Wahl, die wir hinter uns haben«

»Das verstehe ich jetzt nicht.«

»Die Nazis haben sich nicht so viel Mühe gemacht, um eine Wahl in ihrem Sinne zu manipulieren, wie es hier geschehen ist. Sie haben einfach die Verfassung außer Kraft gesetzt.«

»Und dazu noch dreiste Wahlfälschungen begangen.«

»So etwas ist natürlich schwer nachzuweisen.«

»Bei der letzten Wahl, die ich in meinem kleinen Heimatdorf erlebt habe, gab es genau 98 Wahlberechtigte, die auch alle zur Wahl gegangen sind. Aber nicht nur die Wahlbeteiligung war hundertprozentig, auch die »Ja«-Stimmen, obwohl meine Eltern mit »nein« gestimmt hatten.

$$6$$

Es war ein sonniger Wintertag im Februar 1946. Sie waren sehr früh in Köln abgefahren – der englische Major Peter Pearson, seine deutsche Sekretärin und Dolmetscherin Hanna Merten, deren etwa acht Monate alter Sohn Bernhard, sowie der Fahrer des Autos, ein junger englischer Soldat, der bei jeder Gelegenheit einen Brief und das Bild seiner Freundin hervorholte und bereitwillig von seiner großen Liebe zu dieser Frau erzählte und dass sie bei seinem nächsten Heimaturlaub heiraten wollten.

Hanna Merten verfügte durch ihre Mutter, einer geborenen Engländerin, über ganz ausgezeichnete englische Sprachkenntnisse. Es war ihr gelungen, nach der Kapitulation bei der englischen Besatzungsmacht als Dolmetscherin beschäftigt zu werden. Damit waren zahlreiche Vorteile verbunden, zumal sie dort einem Offizier zugeteilt wurde, dem Major Peter Pearson, der sich bemühte, ihr und ihrem kleinen Sohn Bernhard das Leben zu erleichtern, soweit das in dieser wirren Nachkriegszeit möglich war. Er hatte ihr in der Nähe seiner Dienststelle eine bescheidene Wohnung besorgt – in dem durch Bombenangriffe fast völlig zerstörten Köln ein kleines Wunder – und es ihr erlaubt, den kleinen Bernhard auch während der Dienstzeiten zu versorgen. Als sie sich dann noch mit der Frau eines englischen Offiziers angefreundet hatte, die mit ihrem Mann im gleichen Haus wohnte, der sie dann auch zeitweise ihren Sohn anvertrauen konnte, verlief ihr Leben, gemessen an dem Leid und dem Elend um sie herum, geradezu normal.

Allerdings wurden diese verhältnismäßig glücklichen Umstände von der Sorge um den Vater ihres Kindes überschattet. Sie hatte von ihm nach ihrem letzten Zusammentreffen im

September 1944 nichts mehr gehört und wusste nur, dass er zwei Tage danach Soldat geworden war. Zunächst hatte sie sich auch gar nicht mehr um Kontakt bemüht. Ganz im Gegenteil – sie war von der Unmöglichkeit, in dieser Zeit eine länger währende Beziehung zu pflegen, überzeugt. Sie erinnerte sich noch daran, wie sie aus einer Welt grenzenlosen Glückes durch die beiden Polizisten herausgerissen wurde. Plötzlich war der glückliche Traum zu Ende und die Realität hatte wieder ihren Tribut gefordert. Verdunklung, Luftangriffe, Bomben, Tod, und Hoffnungslosigkeit. Immer wenn sie daran dachte, fühlte sie wieder die Verzweiflung und wie schwer es ihr gefallen war, Bernhard zu verlassen. Aber sie hatte keine andere Möglichkeit gesehen. Es schien ihr sinnlos zu sein, in dieser chaotischen Zeit, wo alles zusammen brach, wo jede Zukunftsplanung absurd gewesen wäre, sich der falschen Hoffnung hinzugeben, es handele sich hier um eine vorübergehende Trennung. Nein, der Abschied war endgültig. Bernhard wurde in eine Hölle gerufen, aus der es nur durch unwahrscheinliches Glück ein Entrinnen geben würde. Mit solchen Gedanken hatte sie Bernhards Zimmer verlassen. Schnell und hastig, ohne sich noch einmal umzusehen, so als fürchte sie, dann die Kraft zum Verlassen ihres Geliebten zu verlieren. Als sie dann auf der Straße war, lief sie durch die nächtliche, zerstörte Stadt und kämpfte weinend gegen ihren Wunsch, wieder umzukehren.

Nach nur wenigen Wochen musste sie jedoch erkennen, dass diese Tage mit Bernhard das bedeutendste, ihr ganzes ferneres Leben bestimmende Ereignis gewesen waren. Sowohl mit Verzweiflung als auch mit grenzenloser Freude erlebte sie ihre Schwangerschaft und die Geburt ihres Kindes im Juni des Jahres 1945.

Gleich nach Beendigung des Krieges hatte sie begonnen, sich nach Bernhard zu erkundigen. Ihre zahlreichen Bemühungen, sowohl bei den offiziellen Stellen der Suchdienste der kirchlichen Behörden als auch des deutschen Roten Kreuzes, und auch mannigfache Privatinitiativen blieben erfolglos. Mit Hilfe ihrer englischen Freunde hatte sie zwar die Anschrift von Bernhards Eltern in Frankfurt erfahren und auch schon mehrere Briefe an diese Adresse geschickt, aber bisher noch keine Antwort erhalten. Sie wusste nicht, ob die Post den Bestimmungsort überhaupt erreicht hatte, ob die Eltern noch lebten oder ob es andere Gründe für den fehlenden Kontakt gab.

Major Pearson, der weit über die dienstlichen Belange hinaus Anteil an Hannas Schicksal nahm, hatte ihr angeboten, sie auf eine Dienstreise mit nach Frankfurt zu nehmen. Er werde sich wahrscheinlich zwei Tage dort im amerikanischen Hauptquartier aufhalten müssen. Während dieser Zeit könne sie versuchen, sich mit den Großeltern ihres Kindes in Verbindung zu setzen. Vielleicht stimme ja auch die angegebene Adresse nicht mehr. Hanna hatte dieses Angebot freudig angenommen.

Sie kamen nur langsam voran. Oft mussten sie schwer zu befahrene Umleitungen akzeptieren, weil Straßen und Brücken zerstört waren. Auch verstopften Truppentransporte und Flüchtlingstrecks zusätzlich noch die ohnehin schon überlasteten, schlechten Straßen. Die Ruinen zerstörter Städte und Dörfer, ausgebrannte Gehöfte, verwilderte Felder und herrenlose Hunde, die auf der Suche nach Nahrung die Militärkolonnen begleiteten – das alles wirkte auf Hanna sehr deprimierend. Die Menschen – zumeist waren es Frauen – machten auf sie einen verschüchterten Eindruck – grau, gehetzt, als ob sie das Licht scheuen müssten, oft bepackt mit Taschen und Bündeln, worin sie die sehr knappen Lebensmittel auf dem Lande »gehamstert« hatten. Nun waren sie ängstlich bemüht, ihre Schätze auch nach Hause zu ihren Familien zu bringen, ohne einer Polizeistreife in die Arme zu laufen, die dann die mühsam ergatterten Lebensmittel beschlagnahmte.

Hanna wurde immer nachdenklicher, je mehr sie sich Frankfurt näherten. Sie versuchte, sich die Reaktion ihrer »Schwiegereltern« vorzustellen, wenn sie unvorbereitet mit ihrem Enkelsohn konfrontiert würden. Wussten sie, ob Bernhard noch lebte? Wussten sie, dass er nicht mehr lebte? Die Gedanken daran ließen sie fast verzweifeln. Hatte sie doch die Hoffnung auf ein Wiedersehen nicht aufgegeben. Vielleicht war er in Kriegsgefangenschaft geraten, hoffte sie, und würde bald zurückkehren. Zu ihr zurückkehren? Dazu müsste er aber wissen, wo sie jetzt wohnte. Wenn die Eltern aber auch noch nichts von ihrem Sohn gehört hatten und selbst nichts über dessen Schicksal wussten, würden sie natürlich sehr erstaunt, wenn nicht sogar misstrauisch sein. Wie konnte sie dann beweisen, dass ihr Sohn der Vater dieses Kindes war? Hatte Bernhard seinen Eltern noch von ihr berichtet, bevor er Soldat geworden war? Wenn ja: was hatte er berichtet?

Es waren wirre Gedanken, die sie während der Fahrt bestürmten, und das unbekümmerte Geplapper des jungen Fahrers, der scheinbar unbeeindruckt von allem Elend, dem sie auf dieser Fahrt begegneten, voller Glück von der bevorstehenden Hochzeit mit seiner Verlobten erzählte, passte so gar nicht zu den ambivalenten Gedanken Hannas, die von Glück und Unsicherheit, froher aber auch ängstlicher Erwartung bestimmt waren und immer wirrer wurden, je mehr sie sich ihrem Ziel näherten.

Mit der Zeit wurde aber auch der Fahrer ruhiger. Sei es, weil seine Mitreisenden ihm doch nicht die von ihm erwartete Aufmerksamkeit zukommen ließen, sei es, weil die Fahrt immer anstrengender wurde und er seine ganze Aufmerksamkeit den schlechten Straßen widmen musste. Major Pearson trug auch nichts zur Unterhaltung der kleinen Reisegesellschaft bei. Er beschäftigte sich fast ununterbrochen mit seinen Papieren, die wohl für seine Mission sehr wichtig waren.

Der kleine Bernhard schließlich schlief fast während der ganzen Fahrt und wachte erst auf, als sie ihr Ziel erreicht hatten. Sie wurden im Gästehaus des Hauptquartiers untergebracht. Da Hanna offiziell als Sekretärin des Majors galt, gab es auch für sie keine Schwierigkeiten.

Es war Mittagszeit, als sie dort ankamen. Nach einer kurzen Erfrischungspause und nachdem Hanna den kleinen Bernhard versorgt hatte, begleitete sie ihren Chef zum Mittagessen. Obwohl Major Pearson mehrmals versuchte, ein Gespräch zu beginnen, blieb Hanna fast unhöflich stumm, antwortete nur das Notwendigste. Man merkte deutlich, dass sie mit ihren Gedanken ganz woanders war. Der Major verstand sie wohl und fragte: »Wollen Sie gleich einen ersten Versuch machen, die Großeltern ihres Sohnes zu finden?«

»Ja«, antwortete sie schnell, »ich will es gleich versuchen. Wie sie sich denken können, bin ich sehr unruhig und ungeduldig.«

»Das verstehe ich«, antwortete der Major. »Die Adresse, die wir herausgefunden haben, ist ja nicht weit von diesem Hauptquartier entfernt, wie wir auf dem Stadtplan sehen konnten.«

»Es ist höchstens eine halbe Stunde zu Fuß. Das ist bei dem schönen Wetter kein Problem.«

»Versprechen Sie mir aber«, sagte der Major scherzhaft drohend, »dass Sie in jedem Fall wieder zurückkommen. Ganz gleich, was geschieht. Nicht dass Sie mich hier sitzen lassen.« Er lachte und fuhr dem kleinen Kind zärtlich über den Kopf.

»Selbstverständlich komme ich zurück«, sagte Hanna schnell. Doch dann wurde sie nachdenklich, und ohne den Major anzublicken sprach sie etwas zaghaft: »Wissen Sie, ich habe keine Angehörigen mehr. Mein Vater ist, wie ich Ihnen schon sagte, während der ersten Kriegstage in Polen gefallen, und meine Mutter wurde bei einem Bombenangriff auf Köln getötet. Auch meine Tante, bei der ich zuletzt gewohnt habe, ist noch kurz vor Kriegsende bei einem Bombenangriff ums Leben gekommen. Mit der Familie meiner Mutter, die ja aus England stammt, haben wir nie Kontakt gehabt. Ich weiß nicht, warum das so war. Von dem Vater meines Sohnes abgesehen, von dem ich ja nicht einmal weiß, ob er überhaupt noch lebt, sind die Großeltern des kleinen Bernhard jetzt die einzigen Menschen, zu denen ich noch so etwas wie familiäre Beziehungen habe.« Nach einer kleinen Pause sprach sie, nun wieder fast lustig, weiter: »Verzeihen Sie, aber man macht sich so seine Gedanken. Selbstverständlich komme ich wieder zurück.« Und nach einiger Zeit, in der Peter Pearson sie nachdenklich angeschaut hatte, sagte sie leise: »Und ich fahre auch wieder mit Ihnen nach Köln.« Sie blickte ihn an und ergänzte: »Wenn Sie es wünschen.«

»Dann bin ich ja beruhigt«, sagte der Major und erhob sich. »Ich werde in einer halben Stunde erwartet und muss mich noch ein wenig vorbereiten. Wir sehen uns heute Abend. Ich bin sehr gespannt, was Sie mir dann zu berichten haben. Werden Sie nicht ungeduldig, wenn Sie heute noch keinen Erfolg haben. Dann machen Sie eben morgen weiter. Wenn es sein muss, können wir auch noch einen Tag länger bleiben.«

Langsam ging sie durch die notdürftig von den Trümmern gereinigten Straßen. Oft war der freigeschaufelte Weg so schmal, dass gerade ein Auto hindurchfahren konnte; aber es gab ohnehin kaum Autos. Auch Menschen sah man selten. Hin und wieder huschte eine graue Gestalt über die Straße, tauchte plötzlich aus irgend einem Kellereingang auf oder verschwand in einer notdürftig für Wohnzwecke hergerichteten Ruine. Zwei oder drei Mal begegnete ihr auch ein Radfahrer. Einer zog eine zweirädrige Karre hinter sich her, die übervoll mit ärmlichem Hausrat beladen war – Töpfe, Schüsseln, Flaschen, auch ein paar angekohlte Bretter. Alles war knapp. Der Schneefall der letzten Nacht hatte eine dünne, weiße Decke gnädig über die verkohlten Trümmer gelegt, hatte Konturen entschärft, verbranntes Holz unsichtbar gemacht und die zerstörte Stadt in eine abstrakte Landschaft verwandelt, irreal, schaurig schön. Die wärmende Sonne und die Vögel – es waren Spatzen – die sich in den winterlich kahlen Bäumen vergnügten, die vereinzelt zwischen den Trümmern überlebt hatten, schienen einen Hauch von Normalität zu verbreiten.

Hanna schob ihren Kinderwagen vorsichtig um Steinbrocken und Schlaglöcher herum. Es war ein alter Kinderwagen. Major Pearson hatte ihn ihr besorgt. Er stammte wohl noch aus den zwanziger oder dreißiger Jahren, mit großen Rädern und primitiven Federn, welche die Unebenheiten des Bodens nur unzulänglich auffangen konnten. Der kleine Bernhard ließ sich aber von dem Geruckel nicht beeinflussen. Er war satt und frisch gewickelt und schlief.

Es war gar nicht so einfach, die gesuchte Straße zu finden, denn Schilder mit den Straßennamen waren kaum noch vorhanden; aber Hanna hatte Glück – an einem nicht ganz senkrecht in die Erde getriebenen Holzstamm war ein Straßenschild befestigt – sie hatte ihr Ziel erreicht. Jetzt musste sie nur noch das Haus finden – aber es war kein Haus da. Sowohl rechts als auch links der Straße gab es nur Ruinen. Keine Hausnummern oder irgendwelche anderen Anzeichen, die Hinweise auf

Bewohner geben konnten. Ihr erster Gedanke war: hier kann niemand mehr wohnen. Kein Wunder, dass meine Briefe nicht beantwortet wurden. Sie haben ihren Bestimmungsort wohl nie erreicht. Dennoch ging sie weiter. Die Straße war nur etwa dreihundert Meter lang. Überall das gleiche Bild. Enttäuscht wollte sie umkehren, als rechts neben ihr – wie Erda im »Rheingold« – eine alte Frau auftauchte. Sie kam aus einem Kellerloch über eine stark beschädigte Treppe auf die Straße, hatte einen zerschlissenen, braunen Mantel an, einen dicken, aus Wollresten gestrickten Schal um den Hals geschlungen und eine ebenfalls gestrickte, rote Wollmütze auf dem Kopf. Als sie Hanna bemerkte, erschrak sie und blieb unschlüssig stehen. Hanna hatte den Eindruck, als ob die Frau wieder in ihr Kellerloch zurückkehren wolle; doch ehe das geschehen konnte, sprach Hanna sie an: »Guten Tag. Können Sie mir vielleicht helfen? Ich suche Herrn und Frau Winterbach. Sie sollen hier in dieser Straße gewohnt haben. Wissen Sie vielleicht, wo sie sich jetzt aufhalten?«

»Wo kommen Sie denn her?« fragte die Alte misstrauisch. »Ich habe Sie hier noch nie gesehen.«

»Ich war auch noch nie hier.«

»Woher kommen Sie denn?«

»Ich komme aus Köln.«

»Aus Köln?« fragte die Frau ungläubig. »Da sind doch die Engländer. Wie haben Sie es denn geschafft, hierher nach Frankfurt zu kommen? Und noch dazu mit einem kleinen Kind.« Sie kam näher und blickte in den Kinderwagen. Als ob der Anblick des schlafenden Kindes ihr Misstrauen etwas beseitigt habe, sagte sie: »Wie friedlich es schläft. Ist es ein Mädchen oder ein Junge?«

»Es ist ein Junge.«

»Hoffentlich muss er nicht auch das erleben, was wir hinter uns haben.« Dann sah sie Hanna wieder an: »In unserer Straße hat kaum jemand überlebt. Verschüttet, von einstürzenden Mauern erschlagen oder vom Feuersturm erstickt und verbrannt. Die es überlebt haben, sind zumeist auch nicht mehr hier. Wer Verwandte auf dem Land hat, ist dorthin gegangen.

Andere sind aufs Geratewohl weg, in der Hoffnung, irgendwo eine Unterkunft zu finden. Aber die Winterbachs sind noch hier. Sind Sie eine Verwandte der Leute?«

»Nein, das nicht. Ich habe, noch während des Krieges, ihren Sohn gekannt und wollte mich einmal erkundigen, ob seine Eltern etwas über ihn erfahren haben. Ich weiß, dass er noch im Herbst 1944 Soldat geworden ist. Dann habe ich nichts mehr von ihm gehört.«

»Da werden die Winterbachs Ihnen wohl kaum helfen können. Der Bernhard gilt als vermisst. Sie hoffen natürlich, dass er irgendwo in Gefangenschaft geraten ist und sich bald meldet. Mehrere meiner Bekannten haben schon Nachricht aus einem Kriegsgefangenenlager bekommen. Man kann immer noch hoffen. Aber sie werden sich sicher sehr freuen, etwas von ihrem Sohn zu hören. Er hat ja in Köln Musik studiert, wenn ich mich recht erinnere.«

»Ja, das stimmt.«

»Kommen Sie, ich bringe sie hin. Alleine finden sie es ja doch nicht. Die Winterbachs haben sich in ein kleines Gartenhäuschen verkrochen. Das Haus, in dem sie gewohnt haben, ist völlig zerstört. Noch nicht einmal der Keller ist noch zu gebrauchen. Sie waren zum Glück in der Nacht, als die Bomben fielen, nicht zu Hause. Das hätten sie bestimmt nicht überlebt.«

Dann ging sie mit Hanna über einen schmalen Pfad, der zwischen zwei Ruinen hindurchführte. Mehrmals mussten sie zu zweit den Kinderwagen tragen, so uneben war der Weg. Schließlich erreichten sie so eine Art Garten, der im Gegensatz zu den Trümmern an der Straße einen geradezu friedlichen Eindruck machte. Vielleicht war es auch das kleine, überraschend gepflegt wirkende Gartenhäuschen, das diesen Eindruck der Normalität erweckte. Jedenfalls verspürte Hanna so etwas wie Erleichterung, als sie die friedliche Idylle inmitten der Zerstörungen sah. Dieses positive Gefühl wurde aber sogleich wieder von der Ungewissheit überschattet, wie das Zusammentreffen mit Bernhards Eltern sich wohl gestalten werde.

Die alte Frau, die Hannas Situation ja nicht kannte, redete munter daher: »Da sind wir. Wenn das Pech mit Herrn Winterbach nicht gewesen wäre, könnten sie eigentlich ganz zufrieden sein.«

»Was ist denn mit ihm geschehen?« fragte Hanna neugierig.

»Ach, der arme Kerl.« Hanna hatte den Eindruck, als ob es der Frau unangenehm sei, darüber zu sprechen. »Er war ja gar kein richtiger Nazi; aber als Direktor des Gymnasiums ist er natürlich der Partei beigetreten. Das ließ sich in seiner Position wohl gar nicht vermeiden. Dann wurde er auch noch so etwas wie Blockwart, oder wie das hieß, hielt noch bis zuletzt große Reden und wollte den Leuten glauben machen, der »Endsieg« werde schon noch kommen. Wahrscheinlich hat er selbst daran geglaubt. Ja, er hat eine Menge Dummheiten gemacht. Ich glaube er war das, was man einen Opportunisten nennt; doch ein Verbrecher war er nicht. Er hat auch viel Gutes getan. Wenn Sie mich fragen: das hatte er nicht verdient.«

»Was hatte er nicht verdient?« fragte Hanna, nun doch ein wenig besorgt.

»Nun ja …« Die Frau zögerte, bis sie dann sagte: »Sie haben ihn zusammengeschlagen.«

»Wer?«

»Man weiß es nicht. Sie waren maskiert.« Und nach einiger Zeit: »Aber ich mache mir schon so meine Gedanken. So etwas passiert hier jetzt öfter. ›Du alter Nazi!‹ haben sie ihn angeschrien und ihn fürchterlich verprügelt. Er hat sich dabei einen Arm gebrochen und eine Gehirnerschütterung erlitten. Auch sein rechtes Bein hat etwas abgekriegt.«

Noch ehe Hanna recht begreifen konnte, was hier geschehen war, wurden die beiden von einer Frau unterbrochen, die aus dem Gartenhäuschen kam. Sie hatte wohl die Stimmen gehört und begrüßte die Eindringlinge mit der unfreundlichen Frage: »Was wollen Sie hier?«

Hannas Führerin erschrak. »Guten Tag, Frau Winterbach«, sagte sie schüchtern. »Entschuldigen Sie die Störung. Wie geht es Ihrem Mann denn heute? Ich muss gleich weiter. Es soll im Öderweg Kartoffeln geben. Vielleicht kann ich welche ergattern. Hier ist Besuch für Sie. Also, dann bis bald.« Schneller und abrupter als es notwendig gewesen wäre, ging die Frau den Weg zurück.

»Sie wollen zu mir?« fragte Frau Winterbach unfreundlich.

»Ja«, antwortete Hanna, »wenn Sie Frau Winterbach sind.«

»Das bin ich.«

»Mein Name ist Hanna Merten. Ich habe Ihnen schon mehrmals geschrieben. Leider habe ich keine Antwort bekommen.«

»Welche Antwort haben Sie denn erwartet?«

Hanna spürte, dass es zwischen ihr und dieser Frau eine Barriere gab, die zu überwinden wohl große Schwierigkeiten bereiten würde.

»Haben Sie meine Briefe denn bekommen?« fragte Hanna und hoffte, dass die Frau diese Frage verneinen werde; aber sie sagte mit einem hämischen Lächeln: »Ja, wir haben Ihre Briefe bekommen.«

Hanna war verblüfft. »Warum haben Sie denn nicht geantwortet?«

Die Frau kam langsam, in gebückter Haltung auf Hanna zu und sagte leise aber drohend: »Weil wir Lügen nicht schätzen!« Dann richtete sie sich auf und sagte verächtlich: »Und nun gehen Sie!«

»Welche Lügen?« fragte Hanna verblüfft.

»Wie sind Sie überhaupt von Köln nach Frankfurt gekommen?« fragte Frau Winterbach zurück. »Und auch noch mit einem kleinen Kind.«

»Ein englischer Offizier, der hier im amerikanischen Hauptquartier zu tun hat, war so freundlich, mich mitzunehmen«, antwortete Hanna wahrheitsgemäß.

»Das habe ich mir gedacht. Sie sind ein Amiflittchen!«

»Ein englischer Offizier«, verbesserte Hanna etwas trotzig.

»Das kommt auf das Gleiche heraus. Sie huren mit den Besatzern herum, haben kein Ehrgefühl, keine Vaterlandsliebe und wollen sich bei uns einschleichen indem Sie behaupten, unser Sohn sei der Vater Ihres Kindes. Schämen Sie sich! Als ob wir nicht schon genug gelitten hätten. Meinen Mann, der immer nur das Beste für seine Schüler gewollt hat, haben sie halb tot geschlagen, unser einziger Sohn ist verschollen. Schon über ein Jahr haben wir nichts mehr von ihm gehört. Wir wissen nicht, ob er überhaupt noch lebt. Sie wollen überleben, das kann ich sogar verstehen, und dazu ist Ihnen jedes Mittel recht. Aber bitte verschonen Sie uns und besudeln Sie nicht auch noch die Ehre und die Würde unseres Sohnes.« Dann drehte sie sich um und ging langsam, mit schlürfenden Schritten auf das Gartenhäuschen zu und sagte dabei leise, mehr zu sich selbst: »Aber diese Begriffe gehören wohl nicht zu Ihrem Wortschatz.« Dann blieb sie stehen, wandte sich langsam wieder Hanna zu und sagte, zunächst noch ganz ruhig, fast etwas traurig, dann immer lauter und erregter werdend: »Außerdem – es lohnt sich nicht. Sehen Sie uns doch an – hier ist nichts mehr zu holen. Alles haben wir verloren, bis auf das nackte Leben. Von uns können Sie nichts profitieren. Außerdem würde unser Sohn sich niemals mit einer Hure, wie Sie es sind, einlassen. Verschwinden Sie endlich!«

Hanna war wie gelähmt. Mit Zurückhaltung, ja, mit Ablehnung hatte sie gerechnet, aber nicht mit solchen Hasstiraden. Sie brachte kein Wort heraus und merkte, wie ihre Augen feucht wurden. Nur mit Mühe konnte sie das Weinen unterdrücken.

Da wurde die Tür der kleinen Gartenhütte geöffnet und ein Mann trat heraus. Langsam und humpelnd ging er auf die beiden Frauen zu. Um den Kopf trug er einen Verband und sein rechter Arm hing in einer Schlinge. »Was ist denn hier los?« fragte er seine Frau mit einer zwar leisen, aber doch eindringlichen Stimme.

»Das ist die feine Dame, die uns die Briefe geschrieben hat und behauptet, ein Kind von Bernhard zu haben. Als ob unser Bernhard sich mit so einer abgeben würde. Jetzt, wo ich sie persönlich kennen gelernt habe, glaube ich das erst recht nicht. Unser Bernhard hat überhaupt keine Beziehung zu irgend einer Frau gehabt. Das wüssten wir. Er hätte es uns mitgeteilt. Er hat uns alles mitgeteilt. Bernhard hatte keine Geheimnisse vor seinen Eltern. Stimmt es?« fragte sie ihren Mann.

»Ja, schon«, antwortete der nicht ganz überzeugend. »Es sind verrückte Zeiten, da weiß man nie …«

»Kennst du denn deinen Sohn nicht? Bernhard ist ein durch und durch anständiger Kerl. Ein solcher Fehltritt passt nicht zu ihm. Passt ganz und gar nicht zu ihm. Zweifelst du etwa an dem, was ich sage?«

»Nein, natürlich nicht.« Und zu Hanna gewandt: »Aus Köln kommen Sie?«

Ehe Hanna antworten konnte, sagte die Frau: »Ein englischer Offizier hat sie von Köln hierher gebracht. Da kann man sich ja denken, warum der so freundlich war. Sie wird ihn wohl in ihrer Währung bezahlt haben.«

»Wann und wo wollen Sie unseren Sohn denn kennen gelernt haben?« fragte der Mann. Im Gegensatz zu seiner Frau sprach er gar nicht so unfreundlich.

»In der Nähe von Köln bei einem Konzert. Ein paar Tage, bevor er Soldat werden musste.«

»So, ein paar Tage«, sagte die Frau spöttisch. »Wie viele Tage kannten Sie ihn denn überhaupt?«

»Ich habe ihn einmal im Luftschutzkeller und zwei Mal in seiner Wohnung getroffen«, sagte sie zu der Frau.

Der Mann humpelte auf den Kinderwagen zu. »Es ist ein Sohn, sagen Sie?« Hanna nickte bestätigend mit dem Kopf.

Da stürzte sich die Frau wie eine Furie auf ihren Mann, fasste ihn bei den Schultern und schrie ihn an: »Willst du dir den Balg etwa auch noch ansehen? Das kommt gar nicht in Frage!« Der Mann wollte sich losreißen und kam dabei zu Fall. Hanna lief gleich zu ihm um zu helfen, denn mit seinen Verletzungen konnte er sich aus eigener Kraft nicht erheben. Doch die Frau zerrte Hanna grob zurück. »Machen Sie, dass Sie wegkommen«, schrie sie, »und lassen Sie sich ja nicht mehr hier sehen!« Dann half sie ihrem Mann, der sich mit ihrer Unterstützung mühsam vom Boden erhob. Er versuchte noch einmal, auf den Kinderwagen zuzugehen, aber die Frau erlaubte es nicht. Gewaltsam führte sie ihn zurück in die Gartenhütte, ohne sich noch einmal umzusehen. Hanna hörte, wie von innen mehrere Riegel vorgeschoben wurden.

Es war Hanna, als habe sie einen Spuk erlebt. Unfähig einen klaren Gedanken zu fassen stand sie da. Hilflos, traurig, verzweifelt, ausgestoßen. War vielleicht alles nur ein Traum? Ein böser Traum? In welcher Welt lebte sie? Fast unberührter

Schnee, kahle Bäume, Sonne, das kleine Gartenhaus, hinter dessen verriegelter Tür der Spuk verschwunden war, Stille. Nur ein paar Fußstapfen erinnerten noch an die unglaubliche Szene. Dort, wo der Mann gelegen hatte, war die dünne Schneeschicht durchbrochen. Hart gefrorene Erde war zu sehen, und das Stück eines zerbrochenen Porzellantellers. Hanna bückte sich und hob es auf. Langsam befreite sie es von Erde und Schnee, drehte es in ihren Händen, als ob es sich um einen wertvollen Fund handeln würde. An einem Rand der Porzellanscherbe war mit blauer Schrift der Name »Hutschenreuther« zu lesen. Sie erinnerte sich, dass sie auch zu Hause Geschirr dieser Marke benutzt hatten. Vergangenheit. Stammte die Scherbe vielleicht aus dem zerstörten Haus der Familie Winterbach? Fast unbewusst steckte sie den Fund in ihre Manteltasche.

Dann wurde sie von ihren Gefühlen überwältigt. Die ganze Anspannung der letzten Zeit, insbesondere der letzten Tage, die Hoffnung, etwas über den Vater ihres Kindes zu erfahren, die Ungewissheit, all die nötigen und auch unnötigen Gedanken. Und jetzt diese Enttäuschung, diese maßlose Enttäuschung, diese Unterstellungen und Beleidigungen, denen sie hilflos ausgesetzt war – das alles überforderte Hanna und sie konnte dem keine Kraft mehr entgegensetzen, sie musste sich der eigenen Trauer, der eigenen Verzweiflung beugen, konnte sich nicht mehr wehren, ihre Kraft war verbraucht. Nur von der Erinnerung an die wenigen glücklichen Stunden mit Bernhard zehrend, war sie jetzt in eine Situation totaler Verzweiflung geraten. Sie konnte nicht mehr. Sie war leer. Sie war am Ende. Sie spürte, wie ihre Kräfte sie verließen, wie es ihr schwer fiel, zu stehen. Ohne dass sie es verhindern konnte, sackte sie zu Boden. Die Kraft reichte gerade noch, um nicht unkontrolliert zu fallen. Es gelang ihr, sich neben dem Kinderwagen auf die Erde zu setzen; doch um noch einmal einen Blick hineinzuwerfen und ihr Kind anzusehen, dazu fehlte die Kraft. Sie saß auf der Erde und weinte. Ihr ganzer Körper weinte! Es schüttelte sie wie im Fieber. Sie hatte jegliche Kontrolle über sich verloren und schluchzte nicht nur, nein, sie schrie! Schrie ihre Einsamkeit, ihre Trauer, ihre Verzweiflung hinaus in die zerstörte Welt. Auch das nun immer stärker werdende Weinen des Kindes, das durch die Unruhe erwacht war, schien sie nicht zu bemerken. Sie war nur noch ein hilfloser, verzweifelter Mensch, dessen Sinn, dessen ganzes Sein nichts anderes mehr wahrnehmen konnte als enttäuschte Hoffnungen und Trauer, grenzenlose Trauer, und sogar Wut über das herzlose und beleidigende Verhalten der Frau Winterbach.

Dann spürte sie eine Hand auf ihrer Schulter und es gelang ihr, den Blick zu erheben. Sie sah in ein sympathisches Knabengesicht, etwas besorgt war es. Der Junge legte ein Bündel Abfallholz, dass er wohl in den Ruinen gesammelt hatte, auf den Boden, kniete sich neben Hanna und sagte: »Was ist denn geschehen? Kann ich Ihnen helfen?«

Hanna kam langsam wieder zu sich. Sie war aber noch unfähig, zu sprechen; doch die Anwesenheit des Jungen tröstete sie etwas. Es kam ihr wie ein Wunder vor, in dieser Einsamkeit einen Menschen zu treffen, der es offensichtlich gut mit ihr meinte. Der Junge sprach weiter: »Haben Sie Hunger?« Er griff in seine Hosentasche und holte ein kleines, in Silberpapier gewickeltes Päckchen hervor. »Wollen Sie ein Stück Schokolade? Ich habe es von den Amis bekommen. Hier, nehmen Sie!« Er reichte es ihr. Sie nahm es und steckte es langsam in den Mund. Auch der Junge nahm ein Stück. Dann steckte er den Rest wieder ein. »Für das Kind habe ich nichts. Ich weiß nicht, ob es schon Schokolade essen darf. Wie alt ist es denn?« Er stand wieder auf und blickte in den Kinderwagen. Dann schaukelte er den Wagen sanft hin und her und der kleine Bernhard beruhigte sich. »Das wirkt meistens«, sagte der Junge. »Mein kleiner Bruder beruhigt sich dabei auch immer. Ist es ein Junge oder ein Mädchen?«

»Es ist ein Junge. Acht Monate alt«, sagte Hanna leise.

»Mein kleiner Bruder ist schon älter«, erzählte der Junge weiter. »Er wird bald ein Jahr alt.«

»Hast du noch mehr Geschwister?« fragte Hanna.

»Ja, noch zwei Schwestern.« Und ein wenig stolz: »Ich bin der Älteste.«

»Dann seid ihr ja eine richtige Familie.«

»Nicht ganz«, sagte der Junge ein wenig traurig. »Mein Vater ist vor einem Jahr in Russland gefallen.« Etwas altklug fuhr er fort: »Ich bin jetzt der einzige Mann in der Familie.«

»Wie alt bist du denn?«

»Ich werde bald dreizehn Jahre.«

Der kleine Bernhard schlief wieder, und der Junge hatte aufgehört, den Wagen zu schaukeln. »Können Sie aufstehen?« fragte er und reichte Hanna seine Hände. Mit seiner Hilfe erhob sie sich. »Würdest du mir helfen, den Kinderwagen auf die Straße zu bringen«, fragte Hanna. »Alleine schaffe ich es nicht.«

»Gerne«, sagte der Junge. »Kommen Sie. Mein Brennholz hole ich nachher.« Gemeinsam schafften sie es, die Straße zu erreichen und der Junge sagte: »Wie sind Sie denn da hineingekommen?«

»Ich traf eine Frau. Die war so freundlich, mir zu helfen.«

»Wollten Sie etwa zu den Winterbachs?«

»Ja.«

»Und haben die Leute mit Ihnen gesprochen?«

»Ja.«

»Da haben Sie aber Glück gehabt. Die reden sonst mit keinem.« Zum Glück schien der Junge sich nicht für den Grund zu interessieren, der Hanna hierher geführt hatte.

»Kommen Sie jetzt alleine zurecht?« fragte er, »Oder soll ich Sie noch ein Stück begleiten? Warten Sie einen Augenblick, ich muss nur noch schnell mein Brennholz holen.«

»Nein, danke, ich schaffe es schon alleine. Ich habe nicht weit zu gehen. Vielen Dank für Deine Hilfe.«

»Dann alles Gute!« Der Junge lief schnell den Weg zurück, um sein Holz zu holen. Als er wieder die Straße erreicht hatte, war Hanna nicht mehr zu sehen. Sie hatte sich so schnell wie möglich entfernt, um nicht mehr mit dem Jungen zusammen zu treffen. So dankbar sie ihm auch für seine Hilfe war, so wenig war ihr jetzt nach einer Unterhaltung zu Mute. Sie wollte mit ihren Gedanken alleine sein, wollte sich sammeln, sich wieder fangen, um dem Major Pearson möglichst emotionslos von der misslungenen Kontaktaufnahme berichten zu können.

Am nächsten Tag fuhr sie mit dem Major wieder zurück nach Köln. Er war jetzt der einzige Mensch, der sie vor der völligen Einsamkeit, vor der Verzweiflung bewahren konnte.

Hanna hat dann trotz der erlittenen Enttäuschung noch mehrmals erfolglos versucht, mit den Winterbachs Kontakt aufzunehmen. Erst viele Jahre später erfuhr sie, dass die beiden verzweifelten alten Menschen, wenige Tage nach ihrem Besuch, gemeinsam aus dem Leben geschieden waren.

7

Auf der Grundlage der Moskauer Dreimächteerklärung vom 30. Oktober 1943 und des Londoner Abkommens vom 8. August 1945 bildeten Frankreich, Großbritannien, die Vereinigten Staaten von Amerika (USA) und die Union der sozialistischen Sowjet Republiken (UdSSR) einen internationalen Militärgerichtshof, vor dem am 20. November 1945 der Prozess gegen zweiundzwanzig deutsche Hauptkriegsverbrecher begann. Bei den Gefangenen war die Meinung darüber geteilt. Von der Genugtuung darüber, dass es nun endlich auch einmal den »Großen« an den Kragen ging, wo doch bisher immer nur nach dem Sprichwort »die Kleinen hängt man und die Großen lässt man laufen« gehandelt worden sei, bis zur Abqualifizierung dieses Prozesses als »Siegerjustiz« gingen die Meinungen auseinander. Vor allem die Mitwirkung der Sowjetunion als Richter stieß bei vielen auf Kritik, weil die UdSSR durch den Hitler-Stalin-Pakt zu Beginn des Krieges mit Deutschland freundschaftlich verbunden gewesen sei und sich demzufolge 1939 auch gemeinsam mit Deutschland an dem Überfall und der Niederwerfung Polens beteiligt habe. Auch der bei dieser Gelegenheit von den Sowjets verübte Mord an über 4000 in sowjetische Kriegsgefangenschaft geratenen polnischen Offizieren in einem Wald bei Katyn* kam hin und wieder zur Sprache, und dass die für diesen Mord Verantwortlichen eigentlich auch auf die Anklagebank gehörten.

* Katyn ist ein russischer Ort westlich von Smolensk. Im Frühjahr 1943 entdeckten deutsche Soldaten dort Massengräber mit den Leichen von über 4000 auf Befehl Stalins erschossenen polnischen Offizieren, die bei dem russischen Überfall auf Polen in Gefangenschaft geraten waren. Diese schreckliche Tatsache wurde von der deutschen Führung als Warnung an die deutschen Soldaten

Aber das waren in den meisten Fällen nur Bemerkungen am Rande. Inzwischen waren die meisten Gefangenen schon so geschwächt und apathisch, das eine echte Diskussion darüber gar nicht mehr zu Stande kam und man in den politischen Schulungen mehr oder weniger desinteressiert den Äußerungen der russischen Politoffiziere lauschte, ohne eine eigene Meinung kund zu tun.

Das Thema bekam dann eine andere Dimension, als der Prozess im September 1946 mit der Verkündung von zwölf Todesurteilen zu Ende ging, die im Oktober 1946 durch den Strang vollstreckt wurden.

Kurze Zeit nach der Vollstreckung der Todesurteile wurde den Gefangenen ein Film über diesen Prozess vorgeführt. Auf dem Lagerplatz hatte man zu diesem Zweck eine große Leinwand aufgespannt und die ca. 3000 Gefangenen mussten sich stehend diesen Film ansehen. Da wurden sie nun vorgeführt, die Spitzen der Partei, die Minister und die hohen Offiziere, wie sie auch jetzt noch versuchten, ihrer Taten zu rechtfertigen oder voller Selbstmitleid ihre Bedeutung herunterspielten. Schließlich sah man, wie sie einzeln vorgeführt wurden um ihre Urteile zu erfahren.

Das war nicht nur ein nüchterner Dokumentarfilm. Die deutschen Kriegsgefangenen waren auch persönlich tief betroffen. »Seht her, das ist durch eure Schuld geschehen«, hörten sie es im Geiste von der Leinwand über den Platz rufen. «Diese Verbrecher haben nur stellvertretend für euch auf der Anklagebank gesessen.« Vielleicht war das gar nicht die Absicht der Russen, haben sie sich doch bei anderen Gelegenheiten oft viel gemäßigter geäußert. »Das deutsche Volk ist nicht unser Feind«, hieß es da, »wir haben gegen die Nazis gekämpft und die Deutschen sollen uns dankbar sein, dass wir sie von dieser Pest befreit haben.«

benutzt: Seht wie es euch ergeht, wenn ihr in russische Kriegsgefangenschaft geratet.« Die Russen machten die Deutschen dafür verantwortlich, obwohl eindeutige Beweise vorlagen, dass dieser Mord im Jahr 1940 geschehen war und die Deutschen erst später diesen Ort erreichten. Erst im Jahr 1990 wurde die Tat von sowjetischer Seite zugegeben.

Aber dieser Film hatte auf die Gefangenen eine andere Wirkung. Gewiss fühlte man einerseits eine Genugtuung darüber, dass die für die Misere Verantwortlichen bestraft wurden. Zu schrecklich waren die von ihnen begangenen Verbrechen, als dass man noch Sympathie für sie empfinden konnte. Das verheerende Fazit dieses Filmes war aber die nur sehr schwer zu akzeptierende Erkenntnis, dass man einem Volk angehörte, dessen gesamte Führungsspitze als Schwerverbrecher verurteilt worden war. Das, im Zusammenhang mit der ohnehin psychisch sehr schwierigen Situation eines Kriegsgefangenen, führte zu einer Belastung, die kaum zu verstehen ist, wenn man einer solchen Situation nie ausgesetzt war. An den Tagen nach der Vorführung dieses Filmes herrschte eine ganz sonderbare, gedrückte Stimmung. Es waren nicht mehr nur die Gedanken an die Heimkehr, an die Verwandten und Freunde, um die man sich sorgte, auch nicht das bei vielen zu bemerkende Selbstmitleid über das Schicksal, dem man ausgerechnet selbst ausgesetzt war – nein, die Bedrücktheit, diese Trauer und diese Depressionen hatten jetzt eine tiefere, ehrlichere Begründung – man war beschämt!

Einige Tage nach der Vorführung dieses Filmes kam es zu einer ungewöhnlichen politischen Schulung. Nicht nur, dass der Lagerkommandant mit seinem Dolmetscher dabei anwesend war – es kam auch erstmals zu einer kontroversen Diskussion. Das Thema dieser Schulung war natürlich der Nürnberger Prozess und die Verbrechen der Nazis, beziehungsweise »die Verbrechen des deutschen Volkes«, wie der russische Polit-Offizier es ausdrückte. Er sagte, die deutschen Kriegsgefangenen sollten froh und dankbar sein, nun Gelegenheit zu haben, diese Verbrechen durch ihre Arbeit wenigstens zum Teil wieder gut machen zu können.

Da meldete sich der Kriegsgefangene Walter Hohenberg zu Wort. Er war etwa 35 Jahre alt, sehr gebildet, wortgewandt und ganz offensichtlich sehr klug, denn er hatte es bisher immer noch geschafft, im Hintergrund zu bleiben. Noch nie hatte er sich in den Schulungen und Diskussionen zu Wort gemeldet und es stets geschickt vermieden, seine Meinung zu äußern. Die ihn näher kannten wussten, dass er Diplomat werden wollte und bis wenige Wochen vor Ausbruch des Krieges in England studiert hatte. Auch war er zuvor einige Zeit in Amerika gewesen. Sein Vater soll eine hohe Position im Auswärtigen Amt bekleidet haben. Genaues wusste man aber darüber nicht. Überhaupt umgab ihn eine Aura des Geheimnisvollen. Hin und wieder wurde er zum Verhör, wie es hieß, in die Kommandantur gerufen. Einige wollten auch wissen, er heiße nicht Hohenberg, sondern von Hohenberg. Er selbst tat nichts, um das Geheimnisvolle über ihn und um ihn aufzuklären.

Darum war man allgemein überrascht, als er sich jetzt hier, dazu auch noch bei einem so heiklen Thema, zu Wort meldete. Er redete den sehr gut deutsch sprechenden russischen Polit-Offizier an und sagte: »Herr Leutnant, sie sprechen von den Verbrechen des deutschen Volkes. Ich möchte Sie bitten, hier etwas zu differenzieren. Ich bin auch ein Angehöriger des deutschen Volkes und muss mich streng dagegen verwahren, hier als Verbrecher hingestellt zu werden. Ich habe genau so wie die russischen, die englischen, die französischen und die amerikanischen jungen Männer einen Einberufungsbefehl bekommen, dem sich weder ein Russe, noch ein Engländer, noch ein Franzose noch ein Amerikaner und auch kein Deutscher entziehen konnte. Und ich habe, genauso wie die jungen Männer unserer Kriegsgegner, für mein Vaterland gekämpft. Und zwar nicht aus Begeisterung für den Krieg, sondern weil es für mich keine andere Möglichkeit gab. Gewiss sind an allen Fronten und auf allen Seiten Verbrechen begangen worden, wie es nun einmal in jedem verfluchten Krieg vorkommt. Aber es ist ungerecht und politisch sehr dumm, hier, wenn auch nicht wörtlich, so aber doch sinngemäß, den Begriff einer Kollektivschuld einzuführen. Ich möchte sie bitten, das bei der weiteren Diskussion zu beachten.«

Nicht nur der Polit-Offizier, auch die deutschen Kriegsgefangenen waren aufs Höchste überrascht, von Hohenberg solche Worte an diesem Ort zu hören. Man hatte den Eindruck, als wisse der Leutnant nicht, wie er jetzt reagieren solle. Schließlich sagte er – und man merkte, wie er sich nur mühsam beherrschte: »Wollen Sie sich der Verantwortung für die Verbrechen, die im Namen des deutschen Volkes geschehen sind, entziehen? Wollen Sie sagen, was kümmern mich die Gräueltaten der Aufseher und Funktionäre in den Konzentrationslagern? Ist es so?«

»Nein, so ist es nicht«, antwortete Hohenberg darauf; »aber ich muss Sie wieder korrigieren: diese Verbrechen, die uns alle erschüttern, wurden nicht im Namen des deutschen Volkes verübt. Sie wurden vielmehr von einer Minderheit gewissenloser politischer Verbrecher einem in einer brutalen Diktatur geknebelten Volk aufgezwungen. Das ging umso leichter, als viele Deutsche entweder gar nichts, oder nur Unzureichendes über diese Verbrechen gewusst haben. Bedenken Sie bitte: Im Jahr 1933 lebten in Deutschland mehr als 60 Millionen Menschen. Davon waren 500 000 Juden. Das ist weniger als ein Prozent. Aus diesem Verhältnis kann man leicht ersehen, dass es weite Landstriche, viele Dörfer, Gemeinden und wohl auch Städte gegeben haben muss, wo gar keine Juden gelebt haben, wo die Menschen demzufolge auch nicht direkt mit den schändlichen Ereignissen konfrontiert wurden. Da die Nazis einerseits zwar eine intensive antisemitische Propaganda betrieben, andererseits aber aus verständlichen Gründen bestrebt waren, Einzelheiten über die Behandlung der Juden nicht publik werden zu lassen, haben große Teile der deutschen Bevölkerung das wahre Ausmaß der Verbrechen an den Juden nicht erkennen können. In keiner Zeitung, in keiner Nachrichtensendung des Rundfunks wurde dem deutschen Volk mitgeteilt, dass man Juden vergast, erschossen und verbrannt hat. Und wenn »hinter vorgehaltener Hand« derartige Nachrichten verbreitet wurden, weil irgendwer einen ausländischen Sender gehört hatte – was übrigens streng verboten war! – dann haben die meisten das für üble antinazistische Propaganda gehalten, weil kein vernünftiger Mensch sich derartig ungeheure Verbrechen vorstellen konnte. Das ändert natürlich nichts daran, dass wir Deutsche dafür die Verantwortung übernehmen müssen. Aber nicht im Sinne eines persönlichen Schuldeingeständnisses! Es ist doch ein großer Unterschied, ob ich für ein selbst begangenes Verbrechen zur Verantwortung gezogen werde, oder ob ich versuche, die Schäden, die durch ein von anderen begangenes Verbrechen verursacht wurden, wieder gut zu machen. Dieser Verantwortung wird sich das deutsche Volk auch nicht entziehen.«

»Sie machen es sich zu einfach,« entgegnete der Offizier. »Sie alle, alle Deutschen haben diese Verbrechen begangen. Wenn auch nicht persönlich, mit eigenen Händen, das will ich gerne zugestehen; aber Sie haben die Voraussetzungen dafür geschaffen, weil sie das verbrecherische System des Nationalsozialismus toleriert haben. Hitler hätte ohne die Unterstützung des deutschen Volkes diese Verbrechen nicht begehen können. Darum ist das ganze deutsche Volk schuldig.«

Hohenberg wurde nun auch immer erregter. Es schien, als ob sich in ihm im Laufe der letzten Jahre ein Vulkan entwickelt habe, der jetzt mit unkontrollierbarer Gewalt zum Ausbruch kam, als er mit ziemlich lauter Stimme entgegnete: »Sie müssen doch auch wissen, dass es fast unmöglich ist, in einer von Spitzeln und Geheimdiensten durchsetzten Diktatur in Opposition zu treten, ohne dabei sein Leben zu riskieren. Und dennoch ist es geschehen! Aber diese Leute waren Helden. Sie können aber nicht von jedem Menschen Heldentum verlangen. Warum hat das Volk der Sowjetunion denn nach den blutigern Säuberungsaktionen Stalins nicht reagiert, als in den Jahren zwischen 1934 und 1938 fast die gesamt Generalität liquidiert wurde. Die meisten Marschälle, Armeegenerale, Korps- Divisions-. und Brigadekommandeure fielen dieser »Säuberung« zum Opfer. Und das zumeist ohne Gerichtsverfahren oder nach Verfahren, die nicht mehr als eine Farce waren. Das russische Volk hat auch nicht reagiert, als bei der Zwangskollektivierung der Landwirtschaft Millionen russischer Menschen ihr Leben verloren haben, als die Kulaken, die russischen Mittel- und Großbauern, mit den brutalsten Methoden von ihrem Besitz vertrieben wurden, was dann auch prompt in den Jahren 1929/30 eine verheerende Hungersnot mit Millionen Toten zur Folge hatte. Ich könnte …«

»Schweigen Sie!« brüllte der russische Kommissar in den

Raum. »Wollen Sie etwa den großen Stalin mit einem Verbrecher wie Adolf Hitler vergleichen?«

»Nein, das will ich nicht«, antwortete Hohenberg. »Ich will nur darauf hinweisen, dass man es sich zu einfach macht, wenn man dem deutschen Volk vorwirft, sich nicht gegen die Diktatur der Nationalsozialisten erhoben zu haben. Ja, ich gebe zu: in den ersten Jahren nach 1933 war ein großer Teil des deutschen Volkes durchaus mit Adolf Hitler einverstanden. Zu offensichtlich waren die wirtschaftlichen Fortschritte, die man nach der so genannten »Machtübernahme« durch die Nationalsozialisten in Deutschland erleben konnte. Die gewaltige Arbeitslosigkeit der vergangenen Jahre wurde in kürzester Zeit beseitigt, das von dem politisch dummen Versailler Friedensvertrag stark beschädigte Selbstbewusstsein der Deutschen wurde durch die einseitige Kündigung der darin den Deutschen verordneten Rüstungsbeschränkungen, durch die ebenfalls dem Versailler Vertrag und dem Locarno-Pakt widersprechende militärische Besetzung des Rheinlandes, durch den unblutigen Anschluss Österreichs und des Sudetenlandes an das Deutsche Reich beträchtlich gesteigert.

Aber nicht nur der deutsche Normalbürger, der brave Familienvater, der nach vielen Jahren der Arbeitslosigkeit und der Not nun endlich wieder Arbeit und Brot hatte, ließ sich von solchen Erfolgen über die wahren Absichten Hitlers täuschen. Nein, auch hochrangige Politiker aus dem Ausland waren von Adolf Hitler fasziniert, haben seine Machtansprüche und seine den Weltfrieden gefährdende Expansionspolitik toleriert, obwohl sie auf Grund ihrer Positionen und ihres Ansehens in der Welt ohne Gefahr für Leib und Leben in der Lage gewesen wären, wenigstens zu versuchen, Hitler in die Schranken zu weisen. Sie haben es aber nicht getan.

Können Sie es angesichts dieser Tatsache einem einfachen deutschen Bürger verübeln, wenn er das wahre Ausmaß der Naziherrschaft nicht rechtzeitig erkannt hat, dass er nicht seine Freiheit oder gar sein Leben riskierte, indem er gegen die Nazis opponierte?«

»Das ist ein Beweis für die Notwendigkeit, das kapitalistische

System, dem diese von Ihnen kritisierten Leute ja angehörten, zu überwinden«, entgegnete der russische Leutnant. »Unter der Führung der ruhmreichen Sowjetunion wird das ja nun auch bald geschehen.«

»Aber auch die ruhmreiche Sowjetunion hat mit Adolf Hitler paktiert, als sie zusammen mit den Deutschen den polnischen Staat überfallen hat und damit bei der Entstehung des zweiten Weltkrieges zumindest behilflich war«, sagte Hohenberg etwas spöttisch.

Nun verlor der Kommissar vollends die Beherrschung und schrie, als ob er auf dem Kasernenhof ein ganzes Regiment erreichen müsste: »Wie können Sie es wagen, derart unverschämte Vergleiche anzustellen!«

Da erhob sich der Lagerkommandant, der bis dahin ruhig den Übersetzungen seines Dolmetschers gelauscht hatte und ließ durch ihn verkünden: »Ich glaube, wir sollten die sehr interessante Diskussion jetzt beenden. Sie war in vielerlei Hinsicht sehr aufschlussreich«. Dann drehte er sich um und verließ, zusammen mit seinem Dolmetscher, den Raum. Auch der Polit-Offizier schloss sich den beiden an. Die etwas verwirrte Versammlung der Kriegsgefangenen löste sich dann auch langsam auf. Niemand sprach mit Hohenberg. Man war der Meinung, er habe sich heute um Kopf und Kragen geredet und es wäre wohl besser, nicht mehr zu nahe mit ihm in Kontakt zu treten.

Am nächsten Tag – es war ein Sonntag – verließ Hohenberg, zusammen mit zwei russischen Offizieren, das Lager. Er werde nach Krasnogorsk, einer Art »Musterlager« versetzt, wo sich unter anderem auch die »Zentrale der antifaschistischen Schule für die deutschen Kriegsgefangenen« befand. Dort solle er durch intensive politische Schulungen auf ein Wirken in seiner Heimat vorbereitet werden, hieß es. Das war das Letzte, was man von Hohenberg erfahren hat.

$$8$$

Im Herbst 1947 wurde Bernhard, zusammen mit etwa vierhundert anderen Kriegsgefangenen, ausgewählt, in Güterwagen verladen und mit unbestimmtem Ziel auf die Reise geschickt. Erste Spekulationen über eine etwaige Heimkehr zerschlugen sich schon bald als sie bemerkten, dass die Fahrt nach Osten ging. Nach drei Tagen eines qualvollen Transportes erreichten sie ein neu errichtetes Gefangenenlager in der Nähe von Moskau. Dort waren große Wohnsiedlungen geplant, an deren Errichtung die Gefangenen mitwirken sollten. Außer dem Transport aus Beschitza, dem Bernhard angehörte, kamen in den nächsten Tagen noch etwa einhundert Gefangene aus anderen Lagern hinzu.

Die Unterkünfte waren neu und sauber. Es gab zehn Baracken, in denen jeweils ca. fünfzig Leute untergebracht wurden. Eine Kommandantur, ein Küchenbau mit Speisesaal und ein Badehaus mit der üblichen »Entlausungsstation« vervollständigten das Lager. Die in Russland, jedenfalls in den Gefangenenlagern, üblichen »Entlausungsstationen« könnte man auch als Heißluft-Desinfizierungs-Anlagen bezeichnen. Es waren Räume, die so stark erhitzt wurden, dass sämtliches Ungeziefer – Wanzen, Flöhe oder Läuse – dadurch abgetötet werden sollten, was aber nur zum Teil gelang. Während die Männer sich im Badehaus wuschen und duschten, wurde ihre Kleidung nebenan entlaust. Da diese, einschließlich der Unterwäsche, nicht allzu oft gereinigt bzw. gewaschen wurde, entwickelten sich durch die starke Hitze recht unangenehme Gerüche. Die Ausgabe der durch die Entlausung überhitzen Kleidung machte darum das nach einem Bad sonst übliche angenehme Gefühl der Frische und Sauberkeit bald wieder gründlich zunichte.

Insgesamt hatte sich die Situation der Gefangenen durch die Verlegung in ein kleineres Lager verbessert. Alles war überschaubarer, war keine anonyme Masse mehr, man kannte sich besser als es in einem Lager mit mehreren Tausend Gefangenen möglich ist. Der russische Lagerkommandant, Major Borlakoff, war ein recht sympathischer, für diesen Dienstgrad noch junger Mann, der zusammen mit dem deutschen Lagerführer Schwarz zwar energisch für Disziplin und Ordnung sorgte, aber keinerlei Schikanen duldete und gewissenhaft die Richtlinien für die Behandlung der Kriegsgefangenen einhielt und von seinen Soldaten keine Verstöße dagegen duldete.

Schwarz, ein ehemaliger Stabsfeldwebel, der sehr gut russisch sprach, war nicht mit den Gefangenen aus Beschitza gekommen, sondern von den Russen aus einem anderen Lager hierher versetzt worden, weil man ihn wohl für besonders geeignet hielt, um die ziemlich schwierige Position eines Lagerführers auszufüllen, der geschickt zwischen den Interessen der Gefangenen und den Vorgaben der russischen Lagerleitung jonglieren musste. Viele Gefangene hielten ihn darum zunächst für einen Spitzel, zumindest aber für einen Vertrauten der Russen – was für die meisten dasselbe war – und begegneten ihm mit großem Misstrauen. Das war aber, wie sich bald herausstellte, nicht der Fall. Schwarz war ein integrer Mann, der die Möglichkeiten geschickt ausnutzte, die sich ihm als Lagerführer boten, um das Los der Gefangenen zu erleichtern. Oft ohne Rücksicht auf das eigene Schicksal! In der Hierarchie eines Gefangenenlagers waren die gehobenen Positionen nämlich keineswegs gefestigt. Es war durchaus keine Seltenheit, dass ein Brigadier oder ein Zugführer, ja selbst ein Lagerführer von einem Tag zum anderen degradiert wurde, sämtliche Privilegien verlor und am nächsten Morgen als einfacher Arbeiter durch das Lagertor zur Baustelle marschierte. Durch das gleiche Tor, wo er noch am Vortag selbst den Ausmarsch der Arbeitsbrigaden kontrolliert hatte. Solche Degradierungen geschahen oft aus nichtigen Anlässen, die jedoch genügten, um bei den Russen in »Ungnade« zu fallen. Manchmal konnte man aber auch überhaupt keinen Grund erkennen. Dann war den Russen vielleicht in der Personalakte ein Fakt aufgefallen, den sie bisher übersehen hatten.

Schon nach wenigen Tagen hatte sich das Lagerleben normalisiert. Die Arbeitsbrigaden waren eingeteilt und die Zusammenarbeit mit den Russen auf den Baustellen funktionierte gut. Vor allem, nachdem einige Tüftler unter den Kriegsgefangenen aus herumliegenden Balken einen primitiven Kippkran gebaut hatten, mit dessen Hilfe man Baumaterial bis in den zweiten Stock der Häuser heben konnte, wodurch das mühsame Hochschleppen auf Leitern überflüssig wurde. Krane, Aufzüge oder andere Hebevorrichtungen, wie sie heutzutage am Bau selbstverständlich sind, gab es natürlich nicht. Alles in allem waren die Gefangenen mit den geänderten Lebensbedingungen recht zufrieden.

Es war Ende Oktober im Jahr 1947, als am »Schwarzen Brett«, neben der in der damaligen Sowjetunion unvermeidlichen Wandzeitung, eine Mitteilung des russischen Lagerkommandanten hing, dass ein Chorleiter gesucht werde, der mit einem noch zu gründenden Chor deutsche Weihnachtslieder einstudieren könne. Daraufhin meldete sich Bernhard, ohne zu ahnen, welche Auswirkungen das auf die folgende Zeit seiner Gefangenschaft haben würde.

Als der Lagerkommandant ihn daraufhin zu sich befahl – der deutsche Lagerführer war dabei auch anwesend – wunderte Bernhard sich über die Sachkenntnisse des russischen Majors, der selbst einmal in einem Männerchor gesungen hatte, wie er stolz berichtete. Er machte Bernhard zunächst darauf aufmerksam, dass keinerlei Noten vorhanden seien und auch nicht beschafft werden könnten. Er müsse also die Lieder zunächst für einen vierstimmigen Männerchor aufschreiben und dann einstudieren. Er fragte Bernhard, ob er sich das zutraue und wo er die dafür notwendigen Kenntnisse erworben habe. Als Bernhard ihm von seinem Studium an der Musikhochschule in Köln berichtete, war er mit der Auskunft zufrieden und beauftrage ihn, alles Notwendige für die Gründung des Chores zu unternehmen. Dann wies er den deutschen Lagerführer an, Bernhard für die nächsten zwei Wochen nachmittags von der

Arbeit zu befreien, damit er sich um die notwendigen Vorbereitungen kümmern könne.

Der deutsche Lagerführer, der den zum großen Teil doch sehr apathischen Gefangenen wohl nicht so viel Idealismus zutraute, um ihre wenige Freizeit mit dem Einstudieren von Weihnachtsliedern zu verbringen, empfahl dem Lagerkommandanten, den Sängern als Anreiz für ihr Engagement nach jeder Probe eine zusätzliche Suppe zu geben. Zu Bernhards und des Lagerführers großer Überraschung stimmte der Major diesem Vorschlag zu. Ganz anders reagierte er, als Bernhard ihn um Papier bat, damit er die Lieder aufschreiben könne. Diese Bitte lehnte der Major ab. Von der monatlichen Papierzuteilung könne er nichts entbehren. Sie reiche kaum für die notwendigen Büroarbeiten. Er müsse sich das Papier also organisieren. Auch das gehöre jetzt zu seinen Aufgaben. Damit war das Gespräch beendet.

Das war für die damalige Zeit in Russland durchaus keine ungewöhnliche Situation. Ohne dieses »Organisieren«, was man nach heutigem Sprachgebrauch treffender mit »Stehlen« bezeichnen könnte, geschah in der Sowjetunion fast gar nichts. So betrachtet war die Aussage des Lagerkommandanten keine unzumutbare Forderung, sondern bewegte sich durchaus im Rahmen der zu dieser Zeit an diesem Ort üblichen Praxis.

Als Bernhard und der deutsche Lagerführer das Büro des Majors verlassen hatten, setzten sie sich auf eine Bank am Rande des Appellplatzes. Es war ein arbeitsfreier Sonntagnachmittag und für die Jahreszeit recht warm, nur wenige Grad unter Null. In der Sonne, die den ganzen Tag geschienen hatte, war es angenehm. Sie saßen da und betrachteten die Gefangenen, die über den Platz schlenderten, hier und da in kleinen Gruppen zusammen standen oder alleine irgendwo ihren Gedanken nachgingen, die sich natürlich zumeist um das große Thema »Heimkehr« drehten.

Als sie eine Zeit lang schweigend nebeneinander gesessen hatten, sagte Schwarz: »Da hast du dir ja etwas Schönes aufgeladen. Meinst du wirklich, mit diesen Leuten einen Chor auf die Beine stellen zu können? Schau sie dir doch an, wie sie durch die Gegend schleichen, nichts anderes als die nächste Suppe oder das nächste Stück Brot im Kopf.«

»Man kann es doch wenigstens versuchen. Das Wichtigste ist zunächst einmal die Papierbeschaffung. Kannst du mir nicht doch etwas aus dem Büro besorgen?«

»Das ist ganz unmöglich. Nein, das geht nicht. Wir müssen einen anderen Weg finden. Und nach einigem Überlegen: »Es muss doch nicht unbedingt weißes Papier sein. Oder doch?«

»Nein«, antwortete Bernhard, »das ist nicht unbedingt nötig.«

»Ich habe natürlich kein Papier; aber ich weiß, wo wir vielleicht welches beschaffen können«, sagte der Lagerführer. »Es ist allerdings gelblich-braun und ziemlich schmutzig.«

»Tu doch nicht so geheimnisvoll.«

»Auf der Baustelle 4, wo die großen Mietshäuser errichtet werden, wurde gestern Zement angeliefert. Und zwar ganz besonderer Zement. Er kam nämlich aus Deutschland. Aus Heidelberg. Weiß der Kuckuck, wie die Russen daran gekommen sind. Schließlich liegt Heidelberg weit jenseits der russischen Besatzungszone. Aber wie auch immer: Sie haben einen ganzen Lastwagen voll Zementsäcke abgeladen. Diese Säcke sind, wie du sicher weißt, aus Papier. Es ist natürlich kein Schreibpapier. Aber wenn man es gut säubert, in die passende Größe schneidet, dann kann man es vielleicht doch gebrauchen.«

»Das klingt gar nicht so schlecht.«

»Was hältst du davon, wenn ich dich morgen auf diese Baustelle schicke? Dann kannst du an Ort und Stelle prüfen, ob wir damit das Papierproblem lösen können.«

»Das ist eine gute Idee.«

So geschah es. Es stellte sich heraus, dass die leeren Zementsäcke recht gut für das Vorhaben geeignet waren. Bernhard säuberte sie, so gut es ging, zerteilte sie dann in einzelne Blätter – da er weder Schere noch Messer hatte, war das gar nicht so einfach – und hatte bald ausreichend Papier beisammen, um mit der Arbeit für den Chor beginnen zu können. Da es sich bei diesem Material ganz offensichtlich um Abfall handelte, der ohnehin verbrannt worden wäre, machte Bernhard sich erst gar nicht die Mühe, seine Schätze zu verbergen, als sie zur Mittagspause in das Lager marschierten, was ja ganz leicht unter der Winterjacke möglich gewesen wäre. Prompt wurde er von dem russischen Wachposten angehalten, in die Wachstube geführt und lautstark verhört. Bernhard, der nur sehr wenig Russisch sprach, konnte sich weder verteidigen, noch den Zweck des »Papierdiebstahls« erklären. Der russische Leutnant, der dieses sonderbare und höchst überflüssige »Verhör« leitete, war ein primitiver Kerl mit einer platten »Boxernase«, dicken, wulstigen Lippen und zwei recht unterschiedlichen, grünen Augen – während das rechte Auge fast unnatürlich groß war, konnte er das linke kaum richtig öffnen, so dick und schwer hing ein wimperloses Lid darüber. Ein entsetzlich unsympathischer Anblick. Dieser Kerl – er war erst seit zwei Tagen auf diesem Posten – wurde immer lauter und unbeherrschter. Schließlich schlug er Bernhard mit der Faust ins Gesicht, dass der zu Boden fiel. Der unsympathische Leutnant stürzte sich affenartig auf den am Boden liegenden, zog ihn an den Schultern hoch, versetzte ihm noch einen Schlag ins Gesicht, stieß ihn in die angrenzende Arrestzelle, wobei Bernhard wieder zu Boden fiel, und verschloss laut fluchend die Tür.

Inzwischen hatten andere Gefangene den deutschen Lagerführer von der Arretierung Bernhards unterrichtet, ohne allerdings schon etwas von den Misshandlungen durch den russischen Wachoffizier zu wissen. Schwarz verständigte sofort den Major Borlakoff über das Vorgefallene. Der ging daraufhin zusammen mit dem deutschen Lagerführer in die Pfortenbaracke, um die Angelegenheit aufzuklären. Der wachhabende Leutnant verhielt sich zunächst dem Lagerkommandanten gegenüber sehr renitent. Erst auf dessen strengen Befehl hin bequemte er sich, den Gefangenen aus der Zelle zu holen.

Als Bernhard den Raum betrat, wurde es sofort klar, warum der Leutnant gezögert hatte, ihn vorzuführen – Bernhard sah erbärmlich aus. Sein Gesicht war blutverschmiert, die Nase blutete noch immer, seine Oberlippe war aufgeplatzt und das rechte Auge so geschwollen, dass er es nicht mehr öffnen konnte. Außerdem hinkte er stark, ja, er konnte kaum gehen.

Wie sich später herausstellte, hatte er sich den Fuß verstaucht, als der Leutnant ihn brutal in die Arrestzelle gestoßen hatte und Bernhard dabei zu Fall gekommen war.

Schwarz war von dem Anblick Bernhards erschütterte, und dem Major Borlakoff ging es ganz offensichtlich ebenso. Ganz abgesehen davon, dass es in der Sowjetunion streng verboten war, die Gefangenen zu schlagen, stand das Verhalten des Leutnants auch in krassem Gegensatz zu den Ideen und Plänen des Lagerkommandanten. Hier war etwas in den Augen des Majors Ungeheuerliches geschehen und Schwarz rechnete jeden Augenblick mit einem Wutanfall des Offiziers. Doch zunächst standen alle still und stumm in der Wachstube und warteten ängstlich, was nun geschehen werde. Schließlich beendete der Major das lange Schweigen. Er sprach zunächst sehr leise und ungewöhnlich langsam. Wer den Gefangenen so zugerichtet habe, fragte er. Außer dem Leutnant waren noch vier russische Wachsoldaten anwesend, die alle verschüchtert herumstanden und zu Boden blickten.

»Wer hat dich verprügelt?« fragte Schwarz.

»Der Leutnant«, antwortete Bernhard.

In einer ersten Anwandlung wollte der Leutnant widersprechen, besann sich dann aber und versuchte, sich heraus zu reden. »Ich habe den Gefangenen beim Diebstahl von Papier ertappt,«

Ohne seinen Blick von dem Leutnant zu wenden, sagte Major Borlakoff zu Schwarz: »Bringen sie den Gefangenen in das Krankenrevier!«

Schwarz nahm Bernhard am Arm und gemeinsam verließen sie die Wachstube. Als sie draußen waren hörten sie, wie der Major den Leutnant lautstark zurechtwies. Weder der deutsche Lagerführer noch Bernhard haben jemals erfahren, was in der Wachstube zwischen Borlakoff und dem Leutnant des Wachkommandos geschehen ist. Jedenfalls hat der Leutnant noch am gleichen Tag das Lager wieder verlassen und ist nicht mehr zurückgekehrt.

Im Krankenrevier wurde Bernhard von der russischen Lagerärztin behandelt. Dabei ließ sie sich berichten, wie es zu

den Verletzungen gekommen war. Sie zeigte sich darüber sehr
bestürzt und sagte, dass sie einen ausführlichen medizinischen
Bericht erstellen werde. Die gründliche Untersuchung des Fu-
ßes ergab, dass zum Glück nichts gebrochen war. Allerdings
handele es sich um eine starke Verstauchung. Der Fuß dürfe
in den nächsten Tagen nicht belastet werden. Darum werde sie
Bernhard für einige Tage im Krankenrevier behalten, sagte die
Ärztin. Sie befahl dem deutschen Sanitäter, Bernhard ein Bett
zuzuweisen und verordnete kalte Umschläge für den Fuß.

Als Bernhard mit Hilfe des Sanitäters zu seinem Bett ge-
humpelt war, fragte der Sanitäter ihn: »Hast du schon deine
Mittagssuppe bekommen?«

»Nein«, antwortete Bernhard, »wie du siehst, hatte ich Wich-
tigeres zu tun.«

»Ich werde versuche, noch eine Suppe für dich aufzutrei-
ben.«

»Danke, das wäre gut. Ich bin nämlich ziemlich hungrig.«

Noch am gleichen Tag brachte ein russischer Soldat das von
Bernhard organisierte Papier in die Krankenstation. Bernhard
begann sofort mit der Arbeit und hatte in wenigen Tagen die
Weihnachtslieder »Süßer die Glocken nie klingen«, »Oh Tannenbaum«, »Vom Himmel hoch da komm ich her« und natürlich »Stille Nacht, heilige Nacht« für vierstimmigen Männerchor gesetzt.

Nun gab es aber noch ein weiteres Problem: Da Bernhard
nicht über ein absolutes Gehör verfügte, benötigte er eine
Stimmgabel, um dem Chor die richtigen Töne vorsingen zu
können. Da es trotz vielfacher Bemühungen nicht möglich
war, eine Stimmgabel zu besorgen, ging Bernhard in die Lager-
schlosserei, wo dann ein Schlosser nach seinen Anweisungen
eine Stimmgabel herstellte.

Nun war alles für die Gründung des Chores vorbereitet. Es
mussten nur noch Sänger gefunden werden. Zur großen Überraschung Bernhards und vor allem des skeptischen deutschen
Lagerführers Schwarz meldeten sich auf einen entsprechenden
Aufruf mehr als fünfzig Kameraden. Ganz sicher hatte dazu

auch die in Aussicht gestellte zusätzliche Suppe nach jeder Probe beigetragen. Es blieben dann natürlich nicht alle dabei, aber etwas mehr als dreißig Sänger kamen zu allen Proben, die zwei Mal in der Woche am Abend nach der Arbeit stattfanden.

Einer der Eifrigsten unter ihnen war Heinrich Moser, von Beruf Metallfacharbeiter. Er genoss bei den Russen großes Ansehen als Spezialist, so dass sie ihm sogar die Leitung einer aus russischen und deutschen Arbeitern zusammengesetzten Brigade übertrugen. Er hatte eine große, wohlklingende Bassstimme und war eine der Stützen des Chores. Eines abends erschien er nicht zur Probe. Allgemeine Ratlosigkeit. Da kam ein Mitglied seiner Brigade in den Probenraum und erklärte das Fernbleiben des Heinrich Moser. Er hatte den Auftrag erhalten, mehrere Tausend Rohlinge für Schraubenmuttern herzustellen. In einer anderen Fabrik sollten dann später die Gewinde hineingefräst werden. Nach Ansicht des Heinrich Moser war aber das dafür zugeteilte Material für diese Arbeit nicht geeignet. Es war zu spröde. Er ging also zum Fabrikleiter und erklärte ihm das Problem. Er könne zwar ohne Schwierigkeiten die Rohlinge herstellen, meinte er, es sei jedoch unmöglich, später Gewinde hineinzufräsen. Die Rohlinge würden also zwangsläufig im Müll landen. Der Fabrikleiter bestand aber darauf, den Auftrag auszuführen. Es sei nicht Mosers Aufgabe, die Anordnungen seiner Vorgesetzten zu kritisieren, sondern ihre Befehle auszuführen. Heinrich Moser weigerte sich nun, diesem Befehl nachzukommen, da es sich dabei um bewusste Sabotage handele, deren er sich nicht schuldig machen wolle. Daraufhin verständigte der Fabrikleiter den zuständigen Politkommissar und Moser wurde festgenommen und fortgeführt. Wohin wusste niemand.

Der Zufall wollte es, dass an diesem Abend der russische Lagerkommandant und der deutsche Lagerführer die Chorprobe besuchen wollten. Als Bernhard ihm von dem sonderbaren Fernbleiben des Heinrich Moser berichtete, ließ Borlakoff sich von dem noch anwesenden Mitglied der Moser-Brigade den Vorfall schildern und verließ daraufhin ziemlich zornig, wie es schien, den Probenraum. Schwarz folgte ihm.

Was dann geschah ist nicht bekannt geworden. Jedenfalls war Heinrich Moser zwei Tage später wieder in gleicher Position als Brigadier bei der Arbeit, wo er brav mit ungeeignetem Material Rohlinge für Schraubenmuttern herstellte, die dann mit absoluter Sicherheit auf dem Müll landen würden. Am Abend nahm er wie gewohnt an der Chorprobe teil. Nie hat er über dieses Intermezzo berichtet. Die inzwischen mit der russischen Mentalität vertrauten Gefangenen haben auch keine diesbezüglichen Fragen gestellt.

Die Chorarbeit machte überraschend gute Fortschritte. Mit großer Begeisterung waren die Sänger bei der Sache. Es entstand bald eine die Arbeit fördernde Freundschaft unter den Chormitgliedern. Immer lauter wurden die Stimmen, die auch über das Weihnachtsfest hinaus den Chor weiterführen wollten. Der Kommandant, Major Borlakoff, war sehr zufrieden und bezeichnete Bernhard etwas überschwänglich als »Bolschoi Artiste« (Großer Künstler).

Zum dritten Mal musste Bernhard die Weihnachtstage in russischer Kriegsgefangenschaft erleben. An eine baldige Heimkehr glaubte niemand mehr. Entsprechend niedergeschlagen war die Stimmung im Lager. Das Weihnachtsfest ist nun einmal für die Deutschen, unabhängig von der religiösen Bedeutung, eine ganz besondere Zeit. Man mag sich über die Sentimentalität der Menschen lustig machen, die Festtage von ihrer religiösen Bedeutung befreien und sich auf das mit diesem Fest zusammenhängende römische und germanische Brauchtum berufen – es sind vergebliche Bemühungen, dieses Fest zu ernüchtern, es zu entmystifizieren. Zu keiner anderen Zeit ist die gewaltsame Trennung von Freunden und Verwandten schwerer erträglich.

Bei den Gefangenen gab es, besonders in dieser Zeit, viele Arten der Problembewältigung. Oder besser gesagt: viele mehr oder weniger erfolgreiche Versuche, der sich immer bedrohlicher darstellenden Verzweiflung Paroli zu bieten. Von derben, sarkastischen Witzen, womit einige ihre Härte und Ungebrochenheit demonstrieren wollten, bis zu Verzweiflungstaten wie die eines der älteren Gefangenen, Norbert Busse, der zwei Tage vor Weihnachten während der Mittagszeit versuchte, über den das Lager umspannenden Stacheldrahtzaun zu klettern. Eine sinnlose Tat, sollte man meinen, wenn der Gefangene sie nicht mit der Absicht begangen hätte, von den russischen Wachsoldaten dabei erschossen zu werden. Also ein Selbstmordversuch! Die Russen auf ihren Wachtürmen erkannten das ungeschickte Vorhaben aber wohl als eine dumme Verzweiflungstat. Obwohl ihr Befehl lautete, bei Fluchtversuchen von der Schusswaffe Gebrauch zu machen, begnügten sie sich mit einem in dieser Situation harmlosen Alarm. Der Lagerkommandant hielt es daraufhin noch nicht einmal für nötig, seine Soldaten einzusetzen, sondern beauftragte den deutschen Lagerführer, den in dem Stacheldrahtverhau hoffnungslos verfangenen Kameraden, der weder vor noch zurück konnte, zu bergen, was mit Hilfe einiger Gefangener und dem Einsatz eines russischen Soldaten mit einer Drahtschere auch gelang. Der verhinderte Selbstmörder hatte sich dabei ziemlich schwer verletzt und wurde in die Krankenstation gebracht. Alle erwarteten nun eine schwere Bestrafung des »Übeltäters«. Zur allgemeinen Überraschung ging der Lagerkommandant, Major Borlakoff, am nächsten Tag in die Krankenstation und hielt dem Busse eine recht ungewöhnliche Strafpredigt. Es gebe keine Situation, meinte er, die einen Selbstmord rechtfertige. Erst recht nicht jetzt und hier, wo die Heimkehr der Gefangenen kurz bevorstehe. Ob er denn überhaupt nicht an seine Familie gedacht habe. Zum Glück sei diese Dummheit in der Weihnachtszeit geschehen. So könne er es verantworten, ihn im Rahmen einer Weihnachtsamnestie die eigentlich fällige Strafe zu erlassen.

Das war nun wirklich ein kleines Weihnachtswunder. Der russische Lagekommandant als psychologischer Betreuer. Schnell sprach sich das im Lager herum. Mit ganz besonderem Interesse wurde die Aussage des Kommandanten von der bevorstehenden Heimkehr kolportiert. Wenn das auch nicht stimmte, wie man bald erfahren musste, so hatte es doch eine hoffnungsvolle Stimmung zur Folge, die recht gut in die Weihnachtzeit des Jahres 1947 passte.

Und noch eine Überraschung erlebten die Lagerinsassen:

Am 23. Dezember fuhr ein Lastwagen durch das Lagertor und brachte einen etwa fünf Meter hohen Tannenbaum. Als die Gefangenen am Abend von der Arbeit kamen, lag er auf dem Appellplatz und wurde mit großer Begeisterung noch am späten Abend aufgestellt. Wie auf Bestellung schneite es in der Nacht und am Morgen stand der verschneite Tannenbaum auf dem Appellplatz und war prächtig anzuschauen.

Der 24. Dezember war ein normaler Arbeitstag. Major Borlakoff ordnete aber am Abend eine kleine Weihnachtsfeier an – alle mussten auf dem Appellplatz antreten. Der verschneite Tannenbaum hatte zwar keine Kerzen, aber die Scheinwerfer auf den Wachtürmen, die üblicherweise den Lagerzaun des Nachts bestrahlten, waren auf den Baum gerichtet, dessen verschneite Äste sich sanft im schwachen Wind bewegten und dabei glitzerten und glühten, als wäre der Baum über und über mit Wunderkerzen bestückt. Die Gefangenen waren so angetreten, dass sie drei Seiten eines Karrees bildeten, dessen vierte Seite von dem Gebäude der Lagerleitung begrenzt wurde. Vor dem in der Mitte stehenden Tannenbaum hatte sich der Chor platziert und sang nun zum ersten Mal die mühsam einstudierten Weihnachtslieder.

Vor der Baracke der Lagerleitung standen der Kommandant mit seinen Offizieren, sowie der deutsche Lagerführer und seine Helfer. Nach und nach kamen auch Soldaten und Unteroffiziere der Wachmannschaft hinzu. Langsam, als fürchteten sie ein bedeutendes Ereignis zu stören, gingen sie an den Reihen der Gefangenen entlang bis zur Baracke der Lagerleitung, wo sie still, und, wie es schien, fast etwas verlegen standen und dem Gesang der Gefangenen lauschten.

Es war eine ganz besondere Situation, ein Ereignis von kaum vorstellbarer Intensität. Nicht nur die Kriegsgefangenen, deren Gedanken nun schon seit Jahren von der Sehnsucht nach der Heimkehr beherrscht wurden, nein, auch die russischen Offiziere und Soldaten hofften nichts sehnlicher, als endlich zu ihren Familien, die sie auch oft seit vielen Jahren nicht mehr gesehen hatten, zurückkehren zu können. Jeder war auf seine Weise und an seinem Platz bemüht, nicht an dem Leid zu zerbrechen, das durch politischen Wahnsinn verursacht worden war. Wenn das Schicksal der russischen Offiziere und Soldaten sich auch deutlich von dem der Kriegsgefangenen unterschied, so waren sie doch hier vereint, verbunden durch ein besonderes Ereignis. Sie waren von der einfachen Tatsache ergriffen, dass hier, jenseits aller politischen, ideologischen und philosophischen Streitereien über Religion und Atheismus, alleine durch das Erleben einer im Grunde recht simplen Feierstunde in einer eiskalten russischen Nacht unter sternklarem Himmel und einem im Scheinwerferlicht gleißenden, verschneiten Tannenbaum ein deutscher Gefangenenchor eine stille, heilige Nacht besang. Bewusst oder unbewusst erlebten sowohl die Gefangenen als auch deren Bewacher die Weihnachtsbotschaft von der Verkündigung des Friedens.

Bernhard hat in seinem späteren Leben noch viele Weihnachtsfeiern erlebt. In Kirchen, auf freien Plätzen oder im Familienkreis. Oft hat er die Feiern als Musiker selbst mit gestaltet, oft war er auch nur stiller Teilnehmer – aber nie wieder hat er eine derart ergreifende Feierstunde am Heiligen Abend erfahren wie hier im Dezember 1947 als Kriegsgefangener in Moskau. Danach hat es kein Weihnachtsfest mehr gegeben, wo nicht die Bilder dieser Feierstunde vor seinem geistigen Auge erstanden wären, wo sich nicht die Gesichter vieler Kameraden wie freundliche Geister zu ihm gesellt hätten – das Gesicht des Lagerführers Schwarz, des verzweifelten Busse und vieler Kameraden, die mit ihm gelitten und gehofft hatten. Aber auch der Major Borlakoff und die russischen Soldaten und Offiziere des Lagers waren noch viele Jahre nach der Kriegsgefangenschaft oft Bernhards imaginäre Gäste.

9

Es geschah im November 1949. Bernhard wurde mitten in der Nacht, so gegen zwei Uhr morgens, unsanft aus dem Schlaf gerissen. Als er mühsam die Augen öffnete, konnte er es zunächst nicht glauben – in dem schwachen Licht, das von dem nachts hell erleuchteten Lagerzaun durch das kleine Fenster der Baracke schien, erkannte er das Gesicht von Oberst Borlakoff. Erschrocken richtete er sich auf. Wenn der Lagerkommandant um diese Zeit in der Baracke erscheint, dann muss etwas Besonderes geschehen sein, etwas Außergewöhnliches, wahrscheinlich sogar etwas Unangenehmes, etwas sehr Unangenehmes. »Was ist …«, stotterte Bernhard, noch immer ziemlich schlaftrunken. »Was ist geschehen?«

Borlakoff erfasste mit beiden Händen Bernhards Schultern und schüttelte sie. Dabei lachte er laut und schrie ihn in einem Gemisch aus russischen und deutschen Wörtern an: »Du nach Hause. Telegramm gekommen. Dein Name steht darin. Morgen nach Hause!«

Erst langsam begriff Bernhard, was hier geschah. Der Kommandant hatte in der Nacht ein Telegramm mit den Namen der Gefangenen erhalten, die beim nächsten Transport in die Heimat geschickt werden sollten und konnte nicht bis zum Morgen warten, um Bernhard zu sagen, dass sein Name dort auch genannt wurde. Er musste gleich zu ihm gehen. Es ist kaum zu glauben, aber die Freude des russischen Offiziers über die bevorstehende Heimreise Bernhards war ehrlich und groß.

An Schlaf war nun nicht mehr zu denken. Inzwischen waren auch die anderen wach geworden. Nachdem der Lagerkommandant die Namen der nächsten Heimkehrer verlesen hatte, stellte es sich heraus, dass noch vier weitere Gefangene aus dieser Ba-

racke entlassen werden sollten. Insgesamt waren es zwanzig
Mann, die am nächsten Tag die Heimreise antreten durften.
Darunter war auch Heinrich Martinsen.

Mit Heinrich Martinsen hatte es eine besondere Bewandtnis.
Er war ein sympathischer, jetzt etwa 28-jähriger Mann, groß,
schlank, blond, eben ein »nordischer Typ« wie man damals zu
sagen pflegte. Er zeichnete sich vor allem durch einen scheinbar ungebrochenen Optimismus aus, engagierte sich innerhalb
des Lagers in allen möglichen Bereichen, schrieb Artikel für
die Lagerzeitung, war Mitglied des Chores, betreute Kranke,
geschwächte und psychisch Labile, die es in zunehmendem
Maße gab, und versuchte nach besten Kräften, das Leben als
Kriegsgefangener nicht nur für sich, sondern, soweit das möglich war, auch für die Kameraden erträglich zu gestalten. Darum war er sehr beliebt und eine Anlaufstelle für alle, die mit
irgendwelchen Problemen, gleich welcher Art, nicht zurecht
kamen. Ob es Peter Lamprecht war, der endlich, viereinhalb
Jahre nach Kriegsende, Verbindung mit seiner Familie bekommen hatte und nun erfahren musste, dass seine Frau und seine
vier Kinder bei dem letzten Bombenangriff auf Dresden ums
Leben gekommen waren, oder Hans Frömling, der erst seit
wenigen Wochen wusste, dass seine Frau sich von ihm schei-
den lassen wollte um einen anderen heiraten zu können, oder
auch die vielen Kameraden, die sich auf Grund der spärlichen
Nachrichten aus der Heimat Sorgen um die wirtschaftliche
Existenz ihrer Angehörigen machten, die zwischen den Trümmern der ausgebombten Städte versuchten, die schwere Zeit zu
überleben. Für alle war Heinrich Martinsen da, und es geriet
im Lager ganz in Vergessenheit, mit welchem Schicksal er sich
selbst auseinander setzen musste. Er wurde nämlich verdächtigt, ein Angehöriger der Waffen-SS gewesen zu sein. Das war
ein schlimmer Makel, denn die Waffen-SS war im Nürnberger
Kriegsverbrecherprozess zur »verbrecherischen Organisation«
erklärt worden, und als ehemaliger Angehöriger einer verbrecherischen Organisation unterlag man natürlich besonderen
Restriktionen und konnte so bald nicht damit rechnen, in die
Heimat entlassen zu werden. Das besondere Pech des Heinrich

Martinsen – er hatte nie der Waffen-SS angehört! Ihm wurde eine solche Mitgliedschaft nur deshalb unterstellt, weil er an der Innenseite seines linken Oberarmes eine Narbe hatte, die durch eine Verletzung beim Holzhacken entstanden war und sich genau an der Stelle befand, wo bei den Angehörigen dieser verrufenen Organisation die Blutgruppe eintätowiert worden war. Viele Betroffene hatten versucht, das verräterische Mal zu beseitigen. Eine Narbe an dieser Stelle war darum für die Russen ein Beweis für die Mitgliedschaft in der Waffen-SS. So auch bei Heinrich Martinsen. Daran änderte auch nichts, dass die Ärzte bei Martinsen viele Jahre lang bei den immer wieder stattfindenden Untersuchungen noch nie eine derartige Narbe festgestellt hatten. Ebenso wenig nutzte es ihm, dass die erst vor einem Jahr entstandene Verletzung in seinen Papieren als Folge eines Arbeitsunfalls entsprechend dokumentiert worden war. Offensichtlich trauten die Russen ihren eigenen Listen und Protokollen nicht. Jedenfalls wurde Martinsen seit etwa einem Jahr verdächtigt, ein Mitglied der Waffen-SS gewesen zu sein und war deswegen bisher schon zwei Mal (!) wieder aus einem Heimattransport herausgerufen worden. Eine enorme psychische Belastung. Umso mehr war seine tapfere Haltung zu bewundern.

Allerdings: so ganz sicher schienen sich die Russen bei Martinsen denn doch nicht zu sein, sonst wäre er wohl nicht hier in diesem Lager. Die meisten der Waffen-SSler lebten in Straflagern, von Kriegsgerichten zu langjährigen, oft lebenslangen Strafen verurteilt und hatten kaum noch die Hoffnung, jemals wieder nach Hause zu kommen.

»Ich trau dem Frieden nicht«, sagte er denn auch zu Bernhard, als sie am nächsten Morgen auf dem Appellplatz standen und auf den Abtransport warteten. »Wir sind noch nicht zu Hause, da kann noch viel passieren.«

Es war allgemein bekannt, dass man praktisch bis zur deutschen Grenze immer noch damit rechnen musste, wieder von der Liste der Heimkehrer gestrichen zu werden. Seitdem die Entlassungen begonnen hatten, gab es in jedem Lager die bedauernswerten Männer, die voller Hoffnung in Richtung Westen gefahren waren, aber nach wenigen Tagen wieder zurück kamen, weil die Sowjets bei einer der vielen Kontrollen glaubten, einen Hinderungsgrund für die Entlassung gefunden zu haben. Manche, wie auch Heinrich Martinsen, hatten diese Erfahrung schon mehrmals machen müssen. Nicht immer wurde den Betroffenen die Gründe für eine solche Folter mitgeteilt. Das erhöhte dann noch die psychische Belastung.

Das Wissen um diese Zustände ließ denn auch bei den Heimkehrern keine ungetrübte Freude oder gar Euphorie aufkommen. Vielmehr wurde die Nervosität mit jedem Tag größer, den der Zug nach Westen ratterte. Gespräche gab es kaum noch. Bei jedem Stopp des Transportes erhob sich die ängstliche Frage: Gibt es wieder eine Personenkontrolle, der ich vielleicht diesmal auch zum Opfer fallen werde, oder handelt es sich nur um eine fahrplanbedingte Verzögerung? Für eine Strecke, die heute mit dem Flugzeug in wenigen Stunden zurückgelegt werden kann, benötigten die Heimkehrertransporte darum zumeist mehrere Wochen.

Als es am siebten Tag der Reise wieder einen Stopp gab und die Gefangenen die Güterwagen verlassen mussten, rechneten alle mit einer nochmaligen Personenkontrolle; aber diesmal war es anders. Sie wurden nicht in ein Vernehmungslager geführt, sondern am anderen Ende des kleinen Bahnhofes in einen dort bereitstehenden Personenzug! Ja, sie durften, wie ganz normale Reisende, je sechs Mann in einem Abteil Platz nehmen. Das wurde allgemein als gutes Zeichen gewertet. »Jetzt sind wir wieder richtige Menschen«, sagte einer, und ein anderer ergänzte: »Und sogar ganz besondere Menschen, denn wir reisen auf Kosten der Sowjetunion.«

Für eine Zeit lang war die Stimmung nun etwas aufgelockerter. Erst recht, als die Reise nach relativ kurzer Zeit fortgesetzt wurde. »Wir haben es wohl geschafft«, ließ sich einer vernehmen. »Die deutsche Grenze kann nicht mehr weit weg sein.«

Drei Mal hatte man den Transport bisher kontrolliert, und immer hatten einige ihn verlassen müssen, um wieder die Rückreise nach Osten anzutreten. Jetzt sah es aber wirklich so aus, als ob das Schlimmste überstanden sei.

Doch dann, als man stündlich damit rechnen konnte, die deutsche Grenze zu erreichen, gab es noch einmal eine Unterbrechung. Der Zug kam auf freier Strecke zum Stehen. Als die Gefangenen aufgefordert wurden auszusteigen, sahen sie in der Nähe des Gleiskörpers mehrere hölzerne Baracken, die von einem hohen Stacheldrahtzaun umgeben waren. Dieses kleine Gefangenenlager war ganz ohne Zweifel erst kürzlich hier, mitten auf einem freien Feld, errichtet worden und hatten keine andere Bedeutung, das wurde bald allen klar, als die ankommenden Transporte noch ein letztes Mal zu überprüfen, bevor die Gefangenen endgültig aus sowjetischem Gewahrsam entlassen wurden. Sofort schlug die entspannte Stimmung unter den Männern wieder um. Es herrschte nur noch bedrücktes Schweigen. Die Leute kamen sich vor, als stünden sie vor einer letzten Entscheidung über Leben und Tod, was ja auch gar nicht so abwegig war.

Dieses provisorische Lager bestand aus drei Gebäuden: einer großen Mannschaftsbaracke, die zur einen Hälfte als Schlafsaal mit dreistöckigen Holzpritschen, und zur anderen als Aufenthaltsraum mit Tischen und Bänken eingerichtet war, einem sich daran anschließenden Küchengebäude und einer kleineren Unterkunft, die man von der Mannschaftsbaracke durch einen überdachten Gang erreichen konnte.

Die Gefangenen wurden zunächst in die Mannschaftsbaracke geführt, wo ein sehr gut deutsch sprechender russischer Offizier sie begrüßte: »Wir möchten Sie um Entschuldigung bitten«, sagte er, »dass wir noch ein letztes Mal Ihre Zeit beanspruchen müssen. Während Sie jetzt hier verpflegt werden – wir haben eine sehr gute Suppe für Sie vorbereitet – wollen wir für unsere Statistiken noch einige Fragen an Sie richten, um deren wahrheitsgemäße Beantwortung wir Sie bitten möchten. Ich verspreche Ihnen, dass wir zügig arbeiten werden, um sie so bald wie möglich zu Ihren Angehörigen entlassen zu können.

Bevor Sie jetzt die letzte Etappe Ihrer Heimreise antreten, müssen wir uns allerdings von denjenigen verabschieden, die nicht das Glück haben, in die Deutsche Demokratische Republik entlassen zu werden, sondern weiter nach Westen reisen müssen. Jetzt wünsche ich Ihnen einen guten Appetit. Es ist das letzte gemeinsame Essen, bevor der Transport dann geteilt wird.«

In einer langen Schlange gingen die Gefangenen nun an der Küchentheke vorbei und erhielten von den dort mit weißen Jacken arbeitenden russischen Soldaten ihre Suppe, die wirklich sehr gut war.

Es dauerte nicht lange, da wurde der erste Gefangene zum Verhör in den angrenzenden kleineren Raum gerufen. Dort saßen mehrere Offiziere und auch einige Zivilisten, und es begann noch einmal die schon hinreichend bekannte Prozedur mit immer den gleichen Fragen und immer den gleichen Antworten: Wie war die Nummer Ihres Regiments? Wie hieß der Regimentskommandeur? Wo hat Ihr Regiment operiert? Welchen Dienstgrad hatten Sie? Sind Ihnen Personen bekannt, die an Kriegsverbrechen beteiligt waren? Haben Sie Misshandlungen an der Zivilbevölkerung erlebt? Haben Sie selbst daran teilgenommen? Und was derartige Fragen mehr sind.

Immer, wenn einer von der Vernehmung zurückkam, wurde in alphabethischer Reihenfolge der Nächste aufgerufen. Es ging überraschend schnell voran. Bald entstand der Eindruck, dass diese Vernehmung mehr oder weniger nur eine Routineangelegenheit sei, wenn nicht sogar eine Farce. Die Stimmung wurde denn auch zusehends aufgelockerter. Sogar Martinsen, der bisher bei jeder Vernehmung mit dem Schlimmsten gerechnet hatte, sagte zu Bernhard: »Vielleicht klappt es ja diesmal auch bei mir.« Mit einer Art von Galgenhumor fügte er hinzu: »Was auch noch kommen mag: jedenfalls habe ich einen persönlichen Rekord aufgestellt. Bei den vorigen Transporten bin ich noch nie so weit gekommen. Ich wurde immer schon nach der ersten oder zweiten Vernehmung wieder zurückgeschickt.«

»Es ist ja anzunehmen, dass sie endlich kapiert haben, dass du nicht bei der Waffen-SS gewesen bist«, sagte Bernhard.

»Hoffen wir, dass du Recht hast.«

Da wurde Heinrich Martinsen in den Vernehmungsraum gerufen. Mit einem aufmunternden Lächeln und einem Klaps auf die Schulter verabschiedete Bernhard ihn. »Du wirst sehen, diesmal geht es gut!« rief er ihm hinterher.

Es dauerte dann nicht länger als bei den anderen Gefangenen auch, als der Nächste aufgerufen wurde. Nur: Heinrich Martinsen war nicht zurückgekommen! Niemand außer Bernhard schien das zu bemerken. Alle waren nun mit der kurz bevorstehenden Entlassung beschäftigt, hatten plötzlich ein großes Mitteilungsbedürfnis. Die Ungewissheit, die Nervosität, die schier unerträgliche Spannung der letzten Tage, die eine normale Unterhaltung fast unmöglich gemacht hatte, war gewichen und hatte einer fast unnatürlichen Redseligkeit Platz gemacht. Nach und nach sprachen alle durcheinander, wollten jedem unbedingt die eigenen Pläne für die Zukunft mitteilen, erzählten Familiengeschichten ohne Rücksicht darauf, ob sich jemand dafür interessierte oder nicht. Ja, vereinzelt wurden sogar Witze erzählt, eine fast vergessene Art der Unterhaltung.

Etwa eine halbe Stunde später wurde auch Bernhard als einer der letzten zum Verhör gerufen und leierte routinemäßig seine Antworten herunter. Als das Verhör nach wenigen Minuten beendet war, sagte Bernhard unvermittelt: »Was ist mit Heinrich Martinsen geschehen? Warum ist er nicht in unsere Baracke zurückgekehrt?«

Die Offiziere und Zivilisten sahen sich überrascht an. Dann steckten sie die Köpfe zusammen und flüsterten aufgeregt miteinander. Schließlich sagte der Vorsitzende – es war ein Oberst – zu Bernhard: »Machen Sie sich bitte keine Sorgen um ihren Freund. Es haben sich bei ihm noch einige Unklarheiten ergeben. Nichts Bedeutendes, aber es muss eben alles seine Ordnung haben. Die Klärung dieser Angelegenheit wird wahrscheinlich nur ein oder zwei Tage dauern. Dann wird Martinsen mit dem nächsten Transport nach Deutschland entlassen. Also machen Sie sich keine Sorgen.«

»Kann ich mich denn noch von ihm verabschieden?« fragte Bernhard, der keineswegs von dem überzeugt war, was der Offizier sagte.

Wieder eine kurze Beratung der russischen Offiziere. Dann sagte der Oberst: »Selbstverständlich können Sie sich von ihrem Freund verabschieden. Der Leutnant wird Sie zu ihm führen.« Er deutete auf einen jungen Offizier, der am Ende des Tisches saß.

»Danke sehr«, sagte Bernhard.

Der Leutnant, ein junger Mann mit einem Bubengesicht, verließ mit Bernhard den Raum durch einen Ausgang, der direkt ins Freie führte. An der Rückseite des Gebäudes öffnete der Offizier eine durch ein Eisengitter und zwei Schlösser gesicherte Tür. Das war eine ziemlich schwierige Prozedur, denn die Schlösser klemmten und der Offizier musste sich sehr anstrengen. Als sie das Gebäude wieder betreten hatten, befanden sie sich in einem durch zwei nackte Glühbirnen nur schwach beleuchteten Gang. Bernhard sah sowohl an der rechten als auch an der linken Seite je drei Stahltüren, die ihn sofort an ein Gefängnis erinnerten – große Schlösser, kleine Gucklöcher, so genannte »Spione«, durch die man in den Raum blicken konnte ohne von innen bemerkt zu werden, sowie eine nur von außen zu öffnende Klappe, die wohl dazu diente, Verpflegung hinein zu reichen.

Bernhard war sehr beunruhigt. Das hier war ganz offensichtlich ein Gefängnis. Sein Misstrauen den beruhigenden Worten des Obersten gegenüber wurde von dem, was er hier sah, noch verstärkt. Das war kein Warteraum für einen Gefangenen, der zur Klärung unbedeutender Fragen einige Stunden oder ein paar Tage warten musste, bevor er die Heimreise fortsetzen konnte!

Der Leutnant ging zur letzten Tür an der rechten Seite und steckte einen Schlüssel in das große Schloss. Bevor er die Tür öffnete, warf er einen Blick durch den »Spion« in den Raum. Dann wurden seine Bewegungen plötzlich sehr hektisch. Kaum gelang es ihm vor lauter Nervosität, die Tür zu öffnen. Bernhard konnte sich sein Verhalten zunächst nicht erklären. Als er jedoch durch die geöffnete Tür in den Raum blickte, erschrak er – Heinrich Martinsen hatte sich an den Eisenstäben des vergitterten Fensters mit seinem Gürtel erhängt!

Der Leutnant nahm sofort ein Messer aus seine Tasche und schnitt den Gürtel durch. Gemeinsam legten sie Heinrich auf das Bett. Trotz eifriger Wiederbelebungsversuche war er nicht mehr zu retten.

Der Leutnant sah Bernhard hilflos an und fragte: »Warum hat er das gemacht?«

»Er hat die Folter nicht mehr länger ertragen können.«

»Welche Folter?«

»Warum haben Sie ihn zurückgehalten? Warum?«

»Eine unbedeutende Formalität, weiter nichts. Kein Grund für eine solche Reaktion.«

»Eine unbedeutende Formalität also. Sie haben ihn zurück gehalten, weil Sie ihn verdächtigten, der Waffen-SS angehört zu haben, obwohl aus seinen Akten eindeutig hervorgeht, dass er kein Mitglied dieser Organisation war, dass die Narbe an seinem Oberarm erst vor einem Jahr durch einen Arbeitsunfall entstanden ist. Ihr Verhalten hier ist genau so unverständlich wie das Ihrer Kollegen, die ihn vor Monaten schon einmal zurückgehalten haben, wie das derjenigen, die ihm dann, einige Monate später, ein zweites Mal die Heimreise verweigerten. Sie haben schließlich dem ganzen Unfug die Krone aufgesetzt, indem Sie ihn wider besseres Wissen auch noch ein drittes Mal wieder zurückschicken wollten. Ist es da ein Wunder, wenn er einer solchen psychischen Folter nicht mehr gewachsen war? Sie haben ihn durch eine brutale Mischung aus Diktatur und Bürokratie umgebracht! Aus Dummheit, oder aus Angst, oder aus beidem zusammen haben Sie es verlernt zu denken und verhalten sich wie herzlose, mit allerlei Privilegien willfährig gemachte Menschen, denen ein Stück bedrucktes Papier mit einem imposanten Briefkopf und einer Respekt einflößenden Unterschrift wichtiger ist als das Ergebnis logischer Überlegungen. Sie haben einen unschuldigen Menschen psychisch zerbrochen.«

Der Leutnant stand mit gesenktem Kopf da und blickte auf den leblosen Körper. Dann drehte er sich um, sah Bernhard fast Hilfe suchend an und sagte: »Ich muss es dem Oberst melden.«

»Tun Sie das«, sagte Bernhard. Obwohl er wusste, dass dieser junge Leutnant die geringste Schuld an diesem Vorfall trug, konnte er seine Verachtung ihm gegenüber kaum verhüllen als er fortfuhr: »Dann können Sie ihrem Vorgesetzten auch gleich melden, wie ich mich zu diesem Mord geäußert habe,« Er drehte sich um und ging zurück in die Mannschaftsbaracke.

Noch am späten Nachmittag dieses Tages konnte die Reise in den Westen fortgesetzt werden. Auch Bernhard war dabei. Er blieb unbehelligt.

10

Nach seiner Entlassung aus der russischen Kriegsgefangenschaft im November 1949 lebte Bernhard zunächst bei seinem Onkel, einem jüngeren Bruder seines Vaters, in München, dessen Haus die Bombenangriffe der Alliierten während des Krieges unbeschädigt überstanden hatte. Der briefliche Kontakt war erst sehr spät, im Frühjahr 1949, zu Stande gekommen, obwohl Bernhard es schon vorher immer wieder versucht hatte. Aber die Post war in diesen ersten Nachkriegsjahren, besonders was die Verbindung zwischen den sowjetischen Kriegsgefangenenlagern und Westdeutschland anbetraf, noch sehr unzuverlässig. So hatte Bernhard denn auch erst wenige Monate vor seiner Heimkehr durch seinen Onkel von dem Freitod seiner Eltern erfahren.

Das Wichtigste für Bernhard war in dieser Zeit der Flügel seines Onkels, der immer noch auf seinem Platz im Wohnzimmer stand. Zu Bernhards Freude hatte sein Onkel das lange Zeit nicht mehr benutzte Instrument sogar stimmen lassen, als er von der Heimkehr seines Neffen erfuhr. Bernhard übte von morgens bis abends und war wie besessen, als müsse er das Versäumte der letzten fünf Jahre in wenigen Wochen nachholen, was natürlich nicht möglich war. Das wusste Bernhard selbst am besten. Ja, er war auch Realist genug, um sich einzugestehen, dass die verlorene wichtige Entwicklungszeit zwischen dem 18. und 24. Lebensjahr überhaupt nicht mehr eingeholt werden konnte. Mehr als einmal musste er sich mit dem Gedanken auseinander setzen, ob das Klavierstudium denn überhaupt noch sinnvoll sei, ob er unter diesen Umständen überhaupt noch so viel erreichen könne, um als Pianist seinen Lebensunterhalt zu verdienen. Von der angestrebten Karriere als Solist ganz zu schweigen. Er hatte genügend Sachkenntnis, um sich dieser Illusion nicht mehr hinzugeben. Aber selbst in dem Bereich unterhalb der Solistenebene festen Fuß zu fassen, schien ihm manchmal unmöglich.

Bernhard war in dieser Zeit eine von Selbstzweifeln zerrissene Person. Er sagte sich aber immer wieder, dass er die viereinhalb Jahre in der russischen Kriegsgefangenschaft nicht relativ gut überstanden habe, um sich nun, nachdem das Schlimmste vorbei sei, selbst aufzugeben und in Lethargie und Selbstmitleid zu versinken. So unlogisch es klingen mag: Er konnte in dieser Situation auch auf positive Erfahrungen aus der Gefangenschaft zurückgreifen. Dort hatte er nicht zu den Männern gehört, die in einer Zeit tiefster Erniedrigungen, entbehrungsreichster Lebensumstände, in einer Zeit des Hungerns, der Krankheit und der scheinbaren Hoffnungslosigkeit sich selbst aufgegeben hatten. Vielmehr war er sich trotz des unvermeidlichen körperlichen Verfalls seiner geistigen Kraft bewusst geworden, war bei ihm der unbedingten Wille zum Überleben entstanden, die Fähigkeit, durch diszipliniertes Denken die sich im Laufe der Zeit immer mehr verbreitenden, oft tödlichen Depressionen zu vermeiden.

So lebte er jetzt in München fast ausschließlich für das Klavier und versuchte – nicht sehr erfolgreich – das Unbehagen darüber zu unterdrücken, dass er seinem Onkel und dessen Frau »zur Last« fallen müsse, obwohl das von den beiden gar nicht so gesehen wurde. Die einzigen Aktivitäten, die er daneben noch entwickelte, waren die verschiedenen Versuche, Hanna zu finden. Er wandte sich an alle Stellen, die sich damals mit der Suche nach vermissten Personen befassten. Aber bisher ohne Erfolg.

Eines Tages – es war im Frühjahr 1951 – überraschte er seinen Onkel mit der Nachricht, dass er für zwei oder drei Tage nach Köln fahren wolle, um dort vielleicht etwas über Hanna zu erfahren. Er wusste, dass Köln ihr Geburtsort war und sie auch dort bis zur Zerstörung ihres Hauses durch die Bombenangriffe gewohnt hatte.

Als er mit der damals schon wieder recht pünktlich verkehrenden Eisenbahn um die Mittagszeit in Köln ankam, führte ihn sein erster Weg ins Einwohnermeldeamt. Dort konnte man ihm zwar Auskunft über den Wohnort Hannas vor der Zerstörung des Hauses geben. Über ihren Aufenthaltsort nach dem Krieg war aber nichts bekannt.

Er besuchte dann noch seinen ehemaligen Wohnort, die wenige Kilometer südlich von Köln gelegene kleine Stadt, wo er in einem Luftschutzkeller zum ersten Mal mit Hanna zusammengetroffen war. Wie er schon befürchtet hatte, war von seiner damaligen Wohnung nichts mehr zu sehen. Immerhin war der Schutt, bis auf einen kleinen Mauerrest, schon weggeräumt, so dass nur noch ein planierter Platz geblieben war. Lange stand er davor und seine Gedanken stürmten ungeordnet durch seinen Kopf. Drei Jahre hatte er hier gewohnt. Jahre voller Hoffnung, voller Erwartung. Erfüllte Jahre. Erfolgreiche Jahre. Er hatte an der Schwelle zu einer großen Karriere gestanden und schon beachtliche Erfolge errungen, Konzerte nicht nur mit dem Hochschulorchester gegeben, nein, auf Empfehlung seines Lehrers auch in einem Konzert des Gürzenich-Orchesters das Klavierkonzert a-moll von Robert Schumann mit großem Erfolg gespielt. Sein künstlerischer Weg lag vor ihm wie eine steil nach oben führende Straße. Seine Arbeit, seine Erfolge und seine Freude am Beruf hatten ihn so erfüllt, dass er sich kaum für etwas anderes interessierte, kaum etwas anderes überhaupt nur wahrnahm. Auch der Ausbruch des Krieges hatte ihn zunächst nicht sonderlich berührt, zumal die großen Erfolge der deutschen Wehrmacht an allen Fronten eine baldige siegreiche Beendigung des Krieges erwarten ließen und er darum wegen seiner Jugend wohl nicht mehr Soldat werden müsse. Aber es war dann doch alles anders gekommen …

Er setzte sich auf den Mauerrest, schloss die Augen und stützte seinen Kopf mit beiden Händen. So sah ihn eine alte Frau, die, mühsam auf einen Stock gestützt, daher humpelte. In ihrer linken Hand trug sie eine Einkaufstasche. Als sie den Mann dort sitzen sah blieb sie stehen, ging dann noch einige Schritte auf Bernhard zu – der sie zunächst gar nicht bemerkte – und sagte besorgt: »Hallo, junger Mann, ist Ihnen nicht gut?«

Bernhard schrak aus einen Gedanken auf, blickte die Frau an und sagte: »Doch, doch, alles ist in Ordnung. Ich wollte mich nur ein wenig ausruhen.«

Die Frau trat nun noch etwas näher, betrachtete den Mann neugierig, bevor sie sagte: »Sind Sie nicht – doch, ich bin sicher – Sie sind – ja, Sie sind Bernhard Winterbach. Hab ich Recht?«

»Ja, der bin ich.«

»Nein, so ein Zufall! Wo haben Sie denn so lange gesteckt? Ich kenne Sie doch schon seit vielen Jahren. Sie und Ihr Klavierspiel. Manchmal war es ja schon etwas viel, aber schön haben Sie gespielt, das muss man sagen. Ich bin die Frau Brenner, erinnern Sie sich nicht mehr? Ich habe dahinten in dem Eckhaus gewohnt. Wissen Sie noch?«

»Ja«, sagte Bernhard erfreut und erhob sich, »jetzt erinnere ich mich. Sie hatten doch so einen kleinen Hund, ich glaube es war ein Dackel.«

»Richtig, mein Mäxchen.« Und etwas traurig fügte sie hinzu: «Er lebt leider nicht mehr. Alles hat er überstanden. Auch als das Haus zusammengebombt wurde, konnte ich ihn lebend aus den Trümmern bergen. Und dann, als alles vorüber war, ist er gestorben. Einfach so. Am Morgen lag er tot in seinem Körbchen.«

»Das tut mir Leid.«

»Es hat Schlimmeres gegeben«, sagte die Frau. Und nach einer kleinen Pause, in der sie Bernhard anblickte, als wolle sie die Veränderungen in seinem Gesicht deuten. »Vieles ist in Trümmer gegangen. Nicht nur die Häuser. Auch so mancher Traum. Viele Menschen haben das Chaos überlebt und sind trotzdem zerbrochen. Mit ihren Häusern wurden auch ihre Seelen zerstört.«

»Wo wohnen Sie jetzt? Soll ich Sie nach Hause begleiten und Ihre Tasche tragen?« fragte Bernhard höflich.

»Das wäre sehr nett«, antwortete Frau Brenner erfreut. »Ich wohne gar nicht weit von hier. Vielleicht erinnern Sie sich an die Schrebergartenanlage in der Siebengebirgsstraße?«

»Ja, ich weiß. Da bin ich früher oft herumspaziert.«

»Ich habe dort eine für die jetzigen Wohnverhältnisse recht komfortable Gartenlaube, sogar mit fließendem Wasser. Nun ja, komfortabel ist vielleicht etwas übertrieben«, sagte sie einschränkend. »Auf dem Wohnungsamt sagte man mir, innerhalb der nächsten zwei Jahre könne ich wahrscheinlich mit der Zuteilung einer richtigen Wohnung rechnen. Es wird ja viel gebaut, wie Sie sehen; aber ich glaube noch nicht daran. Man will mich hinhalten, denke ich. Der Herr Schulz – das ist der für mich zuständige Mann auf dem Wohnungsamt – hat letztlich auch solche Andeutungen gemacht von wegen Altersheim. Aber so lange ich mich noch selbst versorgen kann, will ich davon nichts wissen. Das habe ich ihm auch gesagt. Ob er es verstanden hat, weiß ich nicht. Wenn ich nur etwas besser zu Fuß wäre. Die Beine, wissen Sie, die wollen nicht mehr so richtig. Sie würden mir wirklich sehr helfen, wenn Sie meine Tasche tragen.«

»Gerne, ich habe Zeit.«

Bernhard nahm die Tasche der Frau Brenner und gemeinsam gingen sie langsam durch die immer noch stark zerstörte Stadt, vorbei an vielen Baustellen, auch an schon wieder aufgebauten neuen Häusern. Obwohl die verheerenden Folgen des Krieges noch deutlich zu sehen waren, zeugte doch die ganze Stadt von dem erfolgreichen bemühen, die Kriegsschäden zu beseitigen.

»Ich rede die ganze Zeit nur von mir«, setzte Frau Brenner das Gespräch fort. »Dabei haben Sie sicher auch viel erlebt in den letzten Jahren.«

»Ich war bis November 1949 in russischer Kriegsgefangenschaft.«

»Mein Gott! Das muss ja die Hölle gewesen sein.«

»Ich habe es überlebt, wie Sie sehen:«

»Wo wohnen Sie jetzt? Etwa wieder hier in der Gegend?«

»Nein, ich bin in München bei meinem Onkel untergekommen. Jedenfalls vorläufig.«

»Und was machen Sie denn hier? Entschuldigen Sie meine Neugier; aber wenn man nach all diesen schlimmen Jahren einen alten Bekannten trifft, dann interessiert man sich ja dafür, was er so erlebt hat.«

»Das ist schon in Ordnung. Ich bin hierher gekommen, weil ich jemanden suche. Eine Freundin, die ich noch wenige Tage bevor ich Soldat werden musste hier getroffen habe.«

»Wie hieß sie, wollen Sie mir das sagen?«

»Hanna Merten.«

»Hanna Merten?«, sagte die Frau und schien etwas zu überlegen. »Hanna Merten. Irgendetwas verbindet mich mit diesem Namen. Ich weiß nur noch nicht was.«

»Sie stammte aus Köln. Ihr Haus wurde zerstört, ihre Mutter ist dabei umgekommen. Danach lebte sie hier bei einer Tante; aber ich weiß noch nicht einmal deren Name«

»Kann es sein, dass die Tante Stockmann hieß?

»Ich sagte doch, ich weiß es nicht.«

»Jetzt erinnre ich mich. Ich habe Hanna Merten einmal kennen gelernt. Sie kam zu mir in die Schule – ich war Lehrerin, müssen Sie wissen – um die Tochter der Frau Stockmann, die in meiner Klasse war, zu entschuldigen, weil sie mit Fieber zu Bett lag. Bei dieser Gelegenheit haben wir uns dann ein wenig unterhalten, wie das so ist. Dabei erzählte sie mir auch von dem zerstörten Haus und von dem Tod ihrer Mutter. Ja, so war es. Stockmann hieß die Tante. Ich weiß aber nicht, was aus ihr und ihrer Tochter geworden ist. Und Hanna Merten hab ich auch nur dieses eine Mal gesehen. Gehen Sie doch einmal zum Suchdienst des Roten Kreuzes. Vielleicht können die Ihnen weiterhelfen. Es gibt hier in der Stadt eine Zweigstelle. Gar nicht weit von hier.«

Sie hatten die Gartenhütte der Frau Brenner erreicht. »Wollen Sie noch auf einen Sprung mit hineingehen?« fragte Frau Brenner. »Ich mache Ihnen gerne eine Tasse Kaffee«

»Vielen Dank«, antwortete Bernhard und übergab ihr die Einkaufstasche, »aber verstehen Sie bitte, dass ich so schnell wie möglich den Suchdienst des Roten Kreuzes aufsuchen möchte. Vielleicht können die mir ja tatsächlich weiter helfen.«

»Das verstehe ich doch«, sagte Frau Brenner und erklärte ihm den Weg.

»Lassen Sie es mich wissen, wenn Ihre Suche erfolgreich war. Ich interessiere mich jetzt auch dafür, was aus den Leuten geworden ist.«

»Das werde ich gerne tun«, sagte Bernhard und ging eilig davon.

Der Besuch beim Roten Kreuz war dann aber enttäuschend. Ja, eine Frau Stockmann sei ihnen bekannt. »Sie ist noch bei einem der letzten Bombenangriffen, zusammen mit ihrer zwölfjährigen Tochter, ums Leben gekommen«, sagte eine ältere Frau, die sich zwar bemühte, eine persönliche Note in das Gespräch zu bringen, aber doch nicht verbergen konnte, dass solche Auskünfte zu ihrer täglichen Arbeit gehörten. »Und Hanna Merten?« fragte Bernhard, »Sie hat doch, so viel ich weiß, auch in dem Haus gewohnt. Ist sie ebenfalls umgekommen?« Die Frau blätterte in einem Aktenordner bevor sie sagte: »Eine Hanna Merten haben wir auch registriert. Ich kann aber aus dieser Akte nicht ersehen, was aus ihr geworden ist. Möglich ist es schon, dass sie das Schicksal ihrer Tante geteilt hat, aber wir haben darüber keine Unterlagen. Vielleicht war sie ja auch gar nicht mehr in dem Haus, als es passierte. Zu dieser Zeit, müssen Sie wissen, ging hier so ziemlich alles durcheinander. Die Leute sind aus den zerbombten Städten geflohen, irgendwohin, zu Verwandten und Bekannten oder einfach mit ungewissem Ziel davon gelaufen. Da hat man kaum noch daran gedacht, einen Wohnungswechsel anzuzeigen. Es tut mir Leid, aber eine präzisere Auskunft kann ich Ihnen nicht geben.« Sie klappte den Aktenordner zu, stand auf und stellte ihn in einen großen Aktenschrank. Dann blickte sie noch einmal zu Bernhard und sagte: »Es tut mir Leid, dass ich keine bessere Auskunft für Sie habe. Sie können sich gar nicht vorstellen, wie viele Schicksale sich hier in unseren Schränken verbergen.« Sie deutete auf die Aktenschränke, die in dem Raum standen. »Aber wir können ja auch nicht mehr sagen als wir wissen. Und manchmal wissen wir eben nur sehr wenig. Verstehen Sie das bitte!«

Bernhard nickte mit dem Kopf. »Es ist schon recht. Dennoch: vielen Dank.« Enttäuscht verließ er die Dienststelle.

Ziellos ging er durch die Straßen der kleinen Stadt, vorbei an Trümmer, an Baustellen, an neuen Häusern, an Geschäften, an Gaststätten und Cafes, wo die Gäste zum Teil auf dem Bürgersteig in der Frühlingssonne saßen, ihren Kaffee tranken, Kuchen aßen, sich unterhielten, lachten. Bernhard kam sich vor, als gehöre er nicht dazu, als sei er aus einer anderen Welt nur zufällig hier vorbei gekommen, als sei das alles hier lediglich eine Inszenierung, um ihm seine Schmerzen, seine Sehnsüchte zu verdeutlichen, um ihn zu quälen und zu zeigen, das man Schlussstriche ziehen muss, dass man sich trennen muss von Vergangenem um Platz zu schaffen für die Gegenwart. Er fühlte sich ausgestoßen. Alles um ihn herum sprühte vor Leben, vor neuem Leben, alles war Optimismus, Aufbruch aus jahrzehntelanger Dunkelheit in eine verheißungsvolle Zukunft. Was ist mit all den Kriegopfern? Oder, besser gesagt, mit den überlebenden Angehörigen der Opfer? Wo sind die trauernden Frauen, die verzweifelten Mütter, die gedemütigten Väter? Wo sind die Verwundeten, an Körper und Seele Verwundeten? Haben sie sich verkrochen? Würden sie mit ihrem Leid den Optimismus zerstören? Will man nichts mehr von ihnen wissen? Vergessen! Die Vergangenheit vergessen um Platz für die Gegenwart zu schaffen! Das, so schien es ihm, war die gegenwärtige Devise. War er der Einzige, der das nicht konnte? War seine Vergangenheit so etwas Besonderes? War er ausgezeichnet oder gar verflucht? Es waren Gedanken, die er nicht mehr steuern konnte, die ihn überfielen, ihn peinigten. Er kam erst wieder zu sich, als er dort stand, wo Hanna gewohnt hatte, wo das Haus ihrer Tante gewesen war. Die ganze Straße war leer. Sauber geräumt. Er wunderte sich geradezu, dass vor den von Trümmern gereinigten, leeren Grundstücken keine Vorgärten angelegt waren. Es hätte zu dem perversen Bild gepasst, zu der Stimmung, in die er sich befand. Ja, hierher hatte er sie nach dem Konzert begleitet, nachdem sie sich im Luftschutzkeller des Gymnasiums zum ersten Mal begegnet waren.

Er wandte sich ab und ging langsam über die sanft bergab führende Straße. Als er am Rheinufer angekommen war setzte er sich auf eine Bank und blickte auf den Fluss, sah den Lastkähnen nach, auch einem Personendampfer mit fröhlichen Leuten an Bord, die den schönen Tag zu einer Rheinfahrt nutzten. Ein Sportboot mit vier Männern, die kräftig gegen den Strom ruderten, wurde von den Wellen eines großen Lastkahnes kräftig durchgeschüttelt, während ein kleines Segelboot mit zwei Personen an Bord von Ufer zu Ufer kreuzte und versuchte, gegen den Wind voranzukommen. In Ufernähe suchten Enten nach Nahrung und stritten sich um die Brotbrocken, die eine ältere Frau ihnen zuwarf. In den Bäumen, die das Ufer säumten, zwitscherten die Vögel. Frühling.

Nach einer Weile stand er auf und ging langsam zum Bahnhof, fuhr die kurze Strecke nach Köln zurück und ging dort in die kleine Pension in der Nähe des Hauptbahnhofes, wo er sich für zwei Tage eingemietet hatte.

Bernhard schlief schlecht in dieser Nacht und hatte die verrücktesten Träume. Zumeist spielte Hanna dabei eine Rolle – Hanna lauschte in einem großen, leeren Konzertsaal seinem Klavierspiel, während Bomben niederfielen, Wände und Decken zusammenstürzten und der Flügel hinausgetragen wurde auf eine blühende Wiese, wo Schafe weideten und der Kopf eines deutschen Kriegsgefangenen aus der Erde ragte. Dann sah er sich auf dem Appellplatz eines russischen Kriegsgefangenenlagers bei klirrender Kälte einen Chor dirigieren, aus dessen Mitte plötzlich Hanna hervortrat und ein Solo sang. Das Publikum applaudierte frenetisch, während er von russischen Soldaten erfasst wurde, die ihn hinwegtrugen und von ihm verlangten, leere Zementsäcke zu säubern. Immer wieder vermischten sich in den Träumen Erlebnisse der letzten Jahre mit Hoffnungen, Sehnsüchten und Wunschvorstellungen der Gegenwart, bis er sehr früh am Morgen endgültig aufwachte und spürte, dass er sehr hungrig war. Jetzt erst bemerkte er, dass er gestern nicht zu Abend gegessen hatte. Er wusch und rasierte sich, packte seine Sachen und verließ das Zimmer. An der Rezeption klingelte er nach dem Nachtwächter, der verschlafen und missmutig hereinschlurfte. Es war ein alter Mann, wahrscheinlich ein Rentner, dachte Bernhard. Er hatte ein zerknittertes, unrasiertes Gesicht und einen wirren, trotz seines Alters immer noch dichten Haarschopf, der ihm zum Teil wüst ins Gesicht hing. Auf Bernhards Bitte hin präsentierte er ihm widerwillig die Rechnung. »Sie haben es aber eilig«, sagte er dabei mit einer krächzenden Stimme. »Glauben

Sie ja nicht, dass Sie zu dieser unchristlichen Zeit hier schon ein Frühstück bekommen.«

Bernhard antwortete gar nicht, verließ die Pension und ging durch eine noch menschenleere Stadt zum Hauptbahnhof. In einem Wartesaal war schon ein Restaurant geöffnet. Er bestellte Kaffee, Rührei und zwei Wurstbrötchen. Einige Tische von ihm entfernt saßen noch ein junger Mann und eine junge Frau. Sie waren ärmlich gekleidet. Die Frau weinte. Der Mann redete auf sie ein. Bernhard konnte zwar nicht verstehen was er sagte, offensichtlich versuchte der Mann aber vergeblich, seine Begleiterin zu trösten.

Eine ältere Frau brachte Bernhard das bestellte Frühstück. Sie machte trotz der frühen Morgenstunde einen ausgeschlafenen, sauberen und korrekte Eindruck. »Wenn Sie noch mehr Kaffe wollen, sagen Sie Bescheid. Das kostet nicht extra.« Bernhard bedankte sich und aß mit großem Appetit. Als er fertig war, bat er noch um eine Tasse Kaffee, die ihm auch sofort von der freundlichen Bedienung gebracht wurde. Dann bemerkte er wieder die beiden anderen Gäste. Die Frau weinte immer noch, wenn auch nicht mehr so hemmungslos wie vorhin. Der Mann streichelte ihr über den Kopf und gab ihr einen zarten Kuss auf die Wange. Die Frau blickte ihn unter Tränen dankbar an.

Obwohl ihm beim Anblick der weinenden Frau bewusst wurde, dass er nicht der einzige Mensch mit Problemen auf dieser Welt war, und dass es neben der aufstrebenden Konsumgesellschaft, deren tatkräftige Mitglieder sich die Chancen der Nachkriegszeit zunutze machten, auch noch eine andere, nicht so auffällige Gruppe gab, für die auch nach dem Krieg die Leidenszeit noch nicht zu Ende war, hielt er sich doch für den einsamsten Menschen auf der Welt. Bernhard kannte nicht die Gründe für die Traurigkeit der beiden. Wahrscheinlich hat ihr Leid gar nichts mit den Kriegsereignissen und mit der Situation der Nachkriegszeit in Deutschland zu tun, wie es bei mir der Fall ist, dachte er. Vielleicht sind es lediglich private Probleme. Hier im Bahnhof werden sie wohl vor einem Abschied stehen. Vorübergehend oder auch auf Dauer. Aber wie auch immer – Bernhard fühlte sich dennoch auf eine sonderbare Art mit ihnen verbunden. Einen Moment lang hatte er die Idee, zu den beiden zu gehen und zu sagen: »Ich gehöre auch dazu, ich krieche ebenfalls am unteren Ende der Gesellschaft herum, auch ich laufe einer Sehnsucht nach und erfahre immer deutlicher und immer brutaler, dass ich Abschied nehmen muss. Abschied von Träumen, Sehnsüchten und Wünschen, die mir jahrelang die Kraft zum Überleben gegeben haben und die jetzt in Nichts zerfallen.« Er tat es dann aber doch nicht. Während er da saß und seinen Kaffee trank, die adrette Frau beobachtete, wie sie hinter der Theke herumwerkelte, sehnte er sich zurück in das Kriegsgefangenenlager bei Moskau, zu seinen Freunden und Leidensgenossen, zu den Sängern des Chores, auch zu dem Major Borlakoff, der es nicht erwarten konnte, ihm die Nachricht von seiner bevorstehenden Heimkehr zu überbringen und ihn deswegen nachts aus dem Schlaf weckte, zu Norbert Busse, der zwei Tage vor Weihnachten 1947 in selbstmörderischer Absicht über den Lagerzaun klettern wollte, und nicht zuletzt auch zu Heinrich Martinsen, dem tapferen Heinrich Martinsen, dessen unerschöpflich scheinende Kraft schließlich doch verbraucht war, als ihm wenige Kilometer vor der deutschen Grenze zum dritten Mal die Heimreise verweigert wurde und er keinen anderen Ausweg mehr sah, als sich das Leben zu nehmen. All diese Menschen, diese zumindest zeitweise Ausgestoßenen, standen ihm jetzt näher als die sich in einem Rausch der Freiheit und der Möglichkeiten austobenden Männer und Frauen, die zwar in einer neuen, in einer »freiheitlichen« Gesellschaft lebten, arbeiteten und strebten, die ihm aber kalt, rücksichtslos und egoistisch vorkamen, zu denen er keine, zumindest noch keine vernünftigen Beziehungen aufbauen konnte. Ihm war das Fatale seiner Gedanken wohl bewusst und er tröstete sich mit der Hoffnung, dass die Zeit es ihm erlauben werde, sich aus seiner Isolation zu befreien.

Bernhard trank seinen Kaffee und verließ dann den Wartesaal, um sich nach der nächsten Gelegenheit für eine Fahrt nach München zu erkundigen. Er hatte Glück – in knapp zwanzig Minuten konnte er abfahren. Er kaufte sich noch eine Tageszeitung und ging dann auf den Bahnsteig, um dort zu warten. Als der Zug einfuhr, bemerkte er auch die beiden traurigen jungen Leute aus dem Wartesaal. Es gab eine heftige Umarmung und erst im letzten Augenblick lösten sie sich voneinander. Sie bestieg eilig den Zug. In der Hand hatte sie einen kleinen, schäbigen Koffer. Wahrscheinlich stand sie noch am Fenster, während der Zug abfuhr, denn der junge Mann winkte mit beiden Händen, bis er seine Arme schlaff herabhängen ließ, noch eine Weile still da stand und dem Zug nachblickte, sich dann umdrehte und langsam den Bahnsteig verließ. Das Wetter war schlecht. Kalt. Es begann zu regnen.

Während der Zug durch die Landschaft raste, durch Städte fuhr, von denen man zumeist nur triste Hinterhöfe und ungepflegte Rückfassaden der Häuser sah, mit verminderter Geschwindigkeit kleine Bahnhöfe passierte, über Brücken und durch Tunnels fuhr, saß Bernhard in seinem Abteil, alleine, und immer deutlicher wurde die Erkenntnis, dass er auch Abschied nehmen müsse. Abschied von einem Traum. Nur wenige Tage, ja, nur Stunden waren es gewesen, die in den letzten Jahren sein Leben beeinflusst hatten, entscheidend beeinflusst hatten. Seit dem Herbst 1944 war kein Tag vergangen, ohne dass er an Hanna gedacht hatte, ohne sich in seiner Phantasie ein Wiedersehen vorzustellen. Wenn er bis zur physischen Erschöpfung auf Feldern, in Fabriken und in Waldlagern schuften musste, hatte der Gedanke an Hanna ihm Kraft gegeben. Wenn er krank danieder lag, war sie ihm in seinen Fieberträumen erschienen. Später dann, als die Situation in den Gefangenenlagern besser wurde, als die Gefangenen langsam wieder das Gefühl bekamen, Menschen zu sein, zur menschlichen Gesellschaft zu gehören – eine Erkenntnis, die ihnen zeitweise abhanden gekommen war – da hatte auch die Hoffnung auf ein Wiedersehen mit Hanna zugenommen. Aber mit jeder vergeblichen Initiative, mit jeder Enttäuschung, die er nach seiner Entlassung aus der Kriegsgefangenschaft bei der Suche nach Hanna hinnehmen musste, war seine Hoffnung ein wenig geschwunden, war die Kraft geringer geworden, um die vergeblichen Bemühungen fortzusetzen.

Bernhard saß in seinem Abteil und hatte die Augen geschlossen. Er war müde. Erschöpft. Nicht nur, weil er in der vergangenen Nacht schlecht geschlafen hatte. Jahrelang hatte er auch in aussichtslos erscheinenden Situationen immer wieder Kräfte mobilisieren können, hatte sich gegen Verzweiflung und Depressionen gesträubt, hatte – oft wider alle Vernunft – an eine Zukunft, an seine Zukunft geglaubt. Ein wesentlicher Grund für sein Überleben war dabei die Fähigkeit gewesen – seine ihm wahrscheinlich sogar unbewusste Fähigkeit – unabänderliche Tatsachen zu akzeptieren und sich mit ihnen auseinander zu setzen. Und diese Eigenschaft war es denn auch, die ihn jetzt, während er in einem Abteil des Zuges von Köln nach München saß, von einem Traum befreite. Oder gar erlöste?

Er saß da, hatte die Augen geschlossen, sah Hanna, wie sie die kleine Treppe vor ihrer Haustür herunterkam, wie sie neben ihm am Rhein entlang spazierte, in seinem kleinen Zimmer mit dem großen Flügel mit ihm gemeinsam Kaffe trank, wie sie seinem Klavierspiel lauschte – er fühlte ihren Körper, der sich weich und warm an ihn schmiegte ... und immer wieder, wie so oft in den letzten Jahren so auch jetzt, erlebte er die letzte Stunde, die letzten Minuten, hörte die Stimmen der beiden Polizisten und sah Hanna, wie sie ihn fast überstürzt verlassen hatte ...

Jetzt drängte sich der junge, traurige Mann in seinen Traum, wie er auf dem Bahnsteig stand und seiner Freundin nachwinkte. Und dann war es nicht mehr der junge Mann, sondern Hanna, die dort stand, während er sich unaufhaltsam von ihr entfernte. Deutlich konnte er ihr Gesicht erkennen dann nur noch ihre immer kleiner werdende Figur, bis sich ihr grauer Mantel mit den tristen Farben der Umgebung vermischte, undeutlich, unkenntlich wurde ... Dann war es nur noch Dunkelheit und Leere ...

11

Wenige Tage, nachdem Bernhard aus Köln nach München zurückgekehrt war, erhielt er Post aus Frankfurt. Er hatte sich vor einigen Wochen um eine Stelle als Klavierlehrer an Dr. Hoch's Konservatorium beworden. Weniger aus Begeisterung für diese Position, vielmehr als so eine Art Notlösung. Seine Situation, die Abhängigkeit von seinem Onkel, das mühsame Erteilen von Privatunterricht, nur um etwas Geld zu verdienen, wurde ihm mit der Zeit immer unerträglicher. Als er dann von der Vakanz in Frankfurt hörte, schien ihm das ein seiner augenblicklichen Lage durchaus angemessener Ausweg zu sein. Er hatte sich dabei keine großen Hoffnungen gemacht und die ganze Sache als eine Art »Gottesurteil« betrachtet. Nun wurde er in einem sehr freundlich und persönlich gehaltenen Brief zu einem Vorstellungsgespräch und zu einer Lehrprobe gebeten. Gewiss, diese ihm angebotene Position war nicht das, was er sich als Berufsziel vorgestellte hatte. Seine Aufgabe würde im Wesentlichen darin bestehen, mehr oder weniger begabte Kinder zu unterrichten. Aber er sagte sich zu Recht, dass es sich hierbei um eine sehr verantwortungsvolle Aufgabe handele, die man nicht ernst genug nehmen könne. Schließlich haben alle guten und berühmten Pianisten und Pianistinnen einmal als hoffnungsvolle Kinder angefangen, und es ist auch sicher, dass viele Kinder große Pianisten geworden wären, wenn sie nur bessere Lehrer gehabt hätten. Hinzu kam auch noch, dass es ja nun gewiss keine Schande sein kann, an einem Institut zu arbeiten, wo so bedeutende Leute wie Clara Schumann und Bernhard Sekles, der Lehrer von Paul Hindemith, tätig waren.

Er fuhr also frohen Mutes nach Frankfurt und wurde nicht

enttäuscht. Das Vorstellungsgespräch und die Lehrprobe verliefen zu aller Zufriedenheit. Man war ihm dann sogar noch dabei behilflich, eine bescheidene Wohnung zu finden, was zu dieser Zeit in dem immer noch stark zerstörten Frankfurt gar nicht so einfach war. Nun war er wieder »in Amt und Würden« und musste seinem Onkel nicht mehr zur Last fallen.

Ihm wurde nahe gelegt, zum Beginn seiner Tätigkeit ein Einführungskonzert zu geben, um sich den Frankfurtern vorzustellen. Gern war er dazu bereit. So dauerte es denn gar nicht mehr lange, bis in der Stadt Plakate mit seinem Namen hingen und auf sein Konzert hinwiesen. Bernhard musste sich eingestehen, dass er ein wenig Stolz darauf war. Vor kaum anderthalb Jahren war er aus der Gefangenschaft zurückgekehrt und hatte schon Arbeit gefunden. Sogar in seinem Beruf, wenn man ihn nicht allzu streng auslegte. Natürlich betrachtete er seine jetzige Tätigkeit als eine Übergangslösung; aber dafür war sie geradezu ideal.

Das Konzert wurde dann ein großer Abend für Bernhard. Das Publikum war begeistert. Nach dem Konzert bestürmte man ihn in seiner Garderobe, gratulierte, wollte Autogramme. Vor allem jüngere Leute waren es, die ihrer Begeisterung freien Lauf ließen. Nachdem Bernhard seine anfängliche Schüchternheit überwunden hatte, wurde er immer lockerer, gab schlagfertige, oft auch lustige Antworten, geriet fast in eine Art Freudenrausch, und mancher Konzertbesucher, der dummerweise ein klassisches Konzert mit einem Gottesdienst verwechselte – eine Unart, die wohl unausrottbar ist –, wunderte sich über die fröhliche, fast ausgelassene Stimmung in Bernhards Garderobe. Auch Bernhard war von der Veränderung, die er an sich selbst bemerkte, überrascht. Es war ihm, als ob sich ein Panzer von seiner Brust lösen würde und er endlich wieder frei atmen könne. Die Erlebnisse der letzten Jahre schienen endlich zurückzutreten. Die Zukunft lag nicht mehr düster und angsteinflößend vor ihm. Nein, er sah einen Weg vor sich, einen Weg voller Musik, voller Erfolge. Zwar waren seine Pläne nicht mehr so ungezügelt und hochfliegend wie in der Zeit, bevor er Soldat werden musste; aber er sah eine reale Chance für ein befriedigendes Leben. Er musste sich beherrschen, um nicht diese freudige, neue Erkenntnis laut hinauszuschreien. Stattdessen wurde er immer freier in seinen Äußerungen, nutzte jede Gelegenheit für eine humorvolle Bemerkung. Auf die Frage eines jungen Mädchens: »Wie machen Sie das eigentlich, Herr Winterbach, so ein großes und schwieriges Programm ohne einen einzigen Fehler zu spielen?« antwortete er: »Da sprechen Sie ein großes Problem an. Ich will gar nicht so fehlerfrei spielen. Wenn man ab und zu eine falsche Note einfügt, macht das, so denke ich jedenfalls, den ganzen Vortrag doch etwas menschlicher. Ich gehe darum sogar so weit, mir mit viel Mühe einige falsche Töne einzustudieren. Aber wenn ich dann auf dem Podium sitze bin ich so nervös, dass ich alle Fehler wieder vergesse.« Das laute Lachen, das daraufhin ausbrach, wurde jedoch bald von einer zwar nicht unfreundlichen, aber doch energischen Männerstimme unterbrochen: »Meine Damen und Herrn, ich denke wir sollten Herrn Winterbach jetzt in Ruhe lassen. Er hat ein anstrengendes Konzert hinter sich. Es wird sicher nicht das letzte gewesen sein. Darauf wollen wir uns jetzt schon freuen.« Die Anwesenden applaudierten und verließen dann langsam Bernhards Garderobe.

Er war jetzt wirklich sehr erschöpft und ließ sich, immer noch lächelnd, in einen Sessel sinken und schloss die Augen. So bemerkte er die Frau zunächst gar nicht, die den Raum nicht mit den anderen verlassen hatte. Erst als sie sich räusperte und er die Augen öffnete, sah er sie.

»Entschuldigen Sie bitte, Herr Winterbach, dass ich Sie noch weiter störe«, sagte die Frau etwas schüchtern. »Mein Name ist Angelika Münchmann. Ich muss unbedingt wissen, ob Sie der Bernhard Winterbach sind, der mit meinem immer noch vermissten Verlobten Josef Oberhuber zusammen bei der Wehrmacht war. Josef hat mir sehr viel über diesen Bernhard Winterbach geschrieben. Jetzt habe ich Ihren Namen gelesen und es könnte ja sein – vielleicht – dass sie dieser Freund von Josef sind und etwas über ihn wissen. Verstehen Sie – ich bin völlig verzweifelt – schon sieben Jahre – und immer noch die Ungewissheit – er stammte aus Neumarkt in der Oberpfalz – vielleicht erinnern Sie sich ja.« Sie nahm eine schon etwas abgegriffene Photographie aus ihrer Tasche und zeigte sie Bernhard. »Das ist Josef – sechs Jahre ist der Krieg vorbei – alles habe ich versucht – vergeblich – ich dachte – vielleicht sind Sie ja – aber wenn nicht …« Ihre Hand zitterte, als sie das Bild wieder in ihre Tasche steckte.

Bernhard stürzte aus einem soeben wiedergewonnenen Himmel hinab in eine Hölle. Statt eines Konzertsaales sah er eine zusammenbrechende Frontlinie, hörte das Pfeifen, Wummern und Krachen der Granaten, statt eines gut gekleideten Publikums waren es verdreckte, verwundete, schreiende Gestalten, kaum noch als Menschen zu erkennen, statt gepflegter Garderobengespräche hörte er die knappen Worte des Offiziers der das Todesurteil verkündete und an Stelle des Podiums war da der Kübelwagen und Josef stand auf der Kühlerhaube mit einer Schlinge um den Hals und bat um etwas zu Trinken, bevor der Wagen zurücksetzte und Josef an dem Ast eines Baumes baumelte. Jetzt stand Angelika vor ihm. Josef hatte viel von ihr erzählt und ihm schließlich seinen Verlobungsring gegeben, damit er ihn nach dem Krieg Angelika geben könne, weil er selbst nicht mehr an seine Heimkehr glaubte.

All das ging in Sekundenschnelle durch seinen Kopf. War er eben noch ein angenehmer Gesprächspartner gewesen, der galant und lustig Fragen beantwortete, so war er jetzt stumm. Was sollte er sagen? Vielleicht seine Bekanntschaft mit Josef leugnen? Nein! Das nicht. Der Frau die ganze Wahrheit sagen? Auch das nicht. Schließlich sprach er leise, und wie es schien, sehr mühsam: »Ja, ich bin dieser Bernhard Winterbach, der Freund Ihres Verlobten Josef Oberhuber.«

Angelika schien plötzlich die Gewalt über sich selbst zu verlieren. Sie schwankte etwas, suchte fahrig nach einem Halt, und wäre wohl zu Boden gestürzt, wenn Bernhard nicht aufgesprungen wäre um sie zu stützen. Besorgt führte er sie zu einem Sessel, ging dann zu dem kleinen Tisch, wo einige Flaschen Mineralwasser und mehrere Gläser standen und brachte Angelika etwas zu trinken. Sie bedankte sich mit einem zaghaften Lächeln. »Geht es Ihnen wieder besser?« Angelika nickte mit dem Kopf. »Es geht schon wieder. Entschuldigen Sie bitte, dass ich Ihnen hier Umstände bereite. Seit sechs Jahren bemühe ich mich, etwas über Josef zu erfahren, schreibe Briefe, führe Telefongespräche, treffe mich mit Leuten, die vielleicht etwas wissen könnten. Immer nur Fehlanzeigen. Und jetzt, wo ich schon nicht mehr daran geglaubt habe, sagen Sie so einfach: ›Ja, ich bin Bernhard Winterbach, der Freund Ihres Verlobten.‹ Ist das wirklich wahr?«

»Ja«, antwortete Bernhard. »Ich habe nach meiner Heimkehr auch versucht, Sie zu finden. Aber die Adresse, die Josef mir gegeben hatte, stimmt wohl nicht mehr.«

»Das kann sein. Ich bin seit zwei Jahren an der Oper in Karlsruhe engagiert.«

»Josef hat mir von Ihrem Gesangsstudium berichtet. Das haben Sie offensichtlich inzwischen erfolgreich abgeschlossen.«

»Ja, das kann man so sagen.«

»Sie wohnen demnach nicht hier in Frankfurt?«

»Nein, ich bin nur zufällig hier. Gestern Abend habe ich an der hiesigen Oper gastiert und sah Ihr Plakat. Da bin ich noch einen Tag länger geblieben, um mit Ihnen zu sprechen.«

»Ich bin froh, Sie jetzt getroffen zu haben. So kann ich endlich Josefs Bitte erfüllen.«

«Welche Bitte?«

Bernhard zögerte etwas. Es war ihm bewusst, dass er ihr jetzt Schmerzen zufügen werde und bedauerte, so unüberlegt geredet zu haben. ›Ich hätte etwas schonender vorgehen müssen‹, tadelte er sich selbst; aber nun war es einmal geschehen und er musste wohl oder übel Angelikas Frage beantworten. Sehr zögernd und unsicher begann er: »Wissen Sie, es war damals eine schlimme Zeit. Ich weiß nicht, wie weit Josef Sie in seinen Feldpostbriefen über die Situation in Kurland informieren konnte. So mancher hat damals resigniert, hatte die Hoffnung auf eine Wende des Kriegsgeschehens verloren. Das muss man verstehen.«

»Welche Bitte Josefs können Sie jetzt erfüllen?« unterbrach Angelika ihn.

»Er hat mich gebeten – für den Fall – er meinte – falls er nicht

mehr zurückkehren werde – also er gab mir seinen Verlobungsring – ich soll Ihnen – wenn es denn soweit kommen sollte – ich
soll Ihnen den Ring geben, wenn es möglich wäre.«

»Sie haben seinen …« Angelika sprach nicht weiter, stand auf
und stellte sich vor Bernhard. Es fiel ihm schwer, ihrem Blick
stand zu halten. Dann redete sie weiter: »Heißt das – bedeutet
das …« Bernhard wandte sich ab und ging einige Schritte im
Zimmer umher, während Angelika ihm wie gebannt mit ihren
Blicken folgte. Dann blieb er stehen, sah der Frau ins Gesicht
und sagte: »Ja, es tut mir sehr Leid.«

Angelika setzte sich wieder in den Sessel. »Er lebt also nicht
mehr.« Und nach einer Weile: »Sie wissen es ganz bestimmt?«

»Ich war dabei, als es geschah.«

»Wie ist es geschehen? Hat er sehr leiden müssen?«

»Nein, ich bin sicher, er hat es gar nicht bemerkt.«

»Wo ist es geschehen?«

«Es war in Kurland, am 17. März 1945.«

Angelika schien jetzt sehr gefasst zu sein. Bernhard nahm
sich nun auch ein Glas Wasser. Dann sagte die Frau: »Wie war
die Situation? Wurde er von einer Kugel getroffen, oder von
einem Granatsplitter? Wie ist es geschehen? Waren die Umstände so, dass man sich nicht weiter um ihn kümmern konnte?
Ließ man ihn irgendwo in einem Schützengraben liegen, oder
gab es eine Gelegenheit, um ihn zu begraben? Sagen Sie mir
die Wahrheit. Sie müssen nicht befürchten, dass ich jetzt hier
zusammenbreche oder einen hysterischen Weinkrampf be-
komme. Das habe ich alles hinter mir.«

»Ich selbst habe ihn begraben«, sagte Bernhard wahrheitsgemäß.

Angelika schien diese Nachricht etwas zu beruhigen. »Jedenfalls ist die Ungewissheit jetzt vorbei«, sagte sie.

Da wurde die Tür geöffnet und der Hausmeister betrat den
Raum. Er war überrascht, Angelika und Bernhard noch anzu-
treffen. »Entschuldigen Sie die Störung«, sagte er. »Ich mache
nur meinen Kontrollgang, bevor ich das Haus abschließe.«

»Sie müssen sich nicht entschuldigen.« Bernhard nahm seinen
Mantel während er weiter redete. »Wir sollten schon längst das

Haus verlassen haben. Lassen Sie sich nicht stören. Wir gehen sofort.« Er zog seinen Mantel an und sagte zu Angelika: »Kommen Sie, unser Hausmeister will jetzt auch Feierabend machen.«

Auf der Straße sagte Bernhard: »Darf ich Sie vielleicht noch auf ein Glas Wein einladen? Ich kenne hier in der Nähe ein schönes, ruhiges Lokal.«

Angelika lächelte Bernhard etwas gequält an und sagte dann ziemlich verlegen: »Verstehen Sie bitte – es tut mir Leid – denken Sie nicht schlecht von mir – aber ich möchte jetzt alleine sein – ich muss – bitte – verstehen Sie mich nicht falsch – es ist heute Abend etwas geschehen – bisher war der Gedanke, Josef wieder zu sehen, eine mein Leben bestimmende Hoffnung gewesen. Jetzt – es ist alles anders. Ich muss einen neuen Weg finden.«

»Ich verstehe Sie nur zu gut«, sagte Bernhard. Und leise wiederholte er: »Nur zu gut.«

Schweigend standen sie sich gegenüber. Schließlich umarmte Angelika den etwas verdutzten Bernhard. »Ich danke Ihnen«, sagte sie, wobei sie ihre Tränen nicht mehr zurückhalten konnte. Dann ging sie eilig davon.

Als sie sich wenige Meter entfernt hatte, rief Bernhard hinterher: »Fräulein Angelika!«

Sie bleib stehen und wandte sich um. Bernhard ging ein paar Schritte auf sie zu und sagte: »Ich habe doch noch den Verlobungsring. Wie lange sind Sie noch in Frankfurt? Kann ich ihn morgen in Ihr Hotel bringen?«

Angelika kam jetzt wieder zu ihm zurück und sagte: »Ich fahre morgen schon sehr früh wieder nach Karlsruhe, weil ich am Abend Vorstellung habe. Zauberflöte.«

»Um welche Zeit«, fragte Bernhard. »Ich könnte den Ring ja zum Bahnhof bringen.«

»Das kann ich doch nicht von Ihnen verlangen.«

»Ich tue es gerne.«

Angelika lächelte. »Also gut. Mein Zug fährt um acht Uhr zehn.«

»Wir treffen uns eine viertel Stunde vorher auf dem Bahnsteig«, sagte Bernhard, »Ist das recht?«

»Vielen Dank. Das ist sehr liebenswürdig von Ihnen.«

Am nächsten Morgen war Bernhard rechtzeitig am Bahnhof. Wenig später kam auch Angelika. Bernhard übergab ihr eine kleine Schachtel mit dem Ring. »Sie können sich gar nicht vorstellen«, sagte er dabei, »mit welchen Tricks es mir gelungen ist, den Ring in all den Jahren der Gefangenschaft unbehelligt durchzuschmuggeln. Das erzähle ich Ihnen besser erst gar nicht.«

Sie bedankte sich und tat den Ring in ihre Handtasche, ohne ihn anzusehen. Bernhard wunderte sich zwar darüber, sagte aber nichts. Sie unterhielten sich dann noch eine Zeit lang über allerlei belanglose Themen. Mit keinem Wort wurde der gestrige Abend erwähnt oder gar der Name Josefs ausgesprochen. Die Zeit verging quälend langsam. Endlich war es so weit und Angelika stieg ein. Bernhard sah, wie sie in einem Abteil Platz nahm. Sie ging aber nicht ans Fenster und blickte auch nicht mehr hinaus. Bernhard wartete dann noch, bis der Zug abgefahren war und ging dann auch. Erst später bemerkte er, dass sie weder Adressen noch Telefonnummern ausgetauscht hatten.

12

Die nächsten Jahre entwickelten sich für Bernhard außerordentlich erfolgreich. Schon bald hatte er einen hervorragenden Ruf als Pädagoge erworben. Mehr und mehr Schülerinnen und Schüler wollten in seine Klasse. Er konnte bei den Aufnahmeprüfungen immer höhere Anforderungen stellen. Die Vortragsabende seiner Klasse, die er zwei Mal in jedem Semester veranstaltete, zeugten von seiner erfolgreichen Arbeit und wurden in den Feuilletons der Frankfurter Tageszeitungen durchweg lobend besprochen. Hatte er seine Tätigkeit am Konservatorium zu Anfang lediglich als »Notlösung« angesehen, so verspürte er schon bald eine berufliche Befriedigung, die er anfangs so nicht erwartet hatte. Auch das Verhältnis zu seinen Vorgesetzten und zu den Kolleginnen und Kollegen hätte nicht besser sein können, so dass ihn seine Arbeit restlos befriedigte. Es war dann fast so etwas wie eine logische Folgerung, dass man ihm nach etwa zwei Jahren eine Professur an der Frankfurter Musikhochschule anbot, die er auch annahm. Das war nun für ihn eine solide Basis, auf der er aufbauen konnte. Und das tat er auch. Genau genommen reagierte er aber nur auf Situationen, die ganz selbstverständlich auf ihn zu kamen. So traten denn schon bald zwei Kollegen an ihn heran – ein Geiger und ein Cellist – und fragten, ob er mit ihnen zusammen ein Klaviertrio gründen wolle. Gerne nahm er das Angebot an und schon nach relativ kurzer Zeit waren sie in der Lage, erfolgreiche Konzerte zu veranstalten. Eine große Konzertdirektion wurde auf die Künstler aufmerksam und organisierte interessante Konzertreisen. Nach zweijähriger Zusammenarbeit machten sie bereits eine außerordentlich erfolgreiche Tournee durch Frankreich und die Beneluxstaaten. Rundfunk- und Schallplattenaufnahmen folgten.

Mit seiner zunehmenden Bekanntheit drängten immer mehr Studenten zu ihm. Von weit her kamen sie, sowohl aus dem europäischen Ausland als auch aus den USA und Japan. Bernhard Winterbach galt schon bald als eine Kapazität nicht nur als Pädagoge, sondern auch als Kammermusiker. Letzteres verschaffte ihm die größte Befriedigung, und er trauerte der »verpassten« Solistenkarriere schon längst nicht mehr nach.

Eines Tages – es war das Jahr 1954 – erhielt Bernhard einen Brief von Angelika Münchmann. Sie war inzwischen an der Oper in Mannheim engagiert und sang dort hauptsächlich die großen Mozart-Partien. Eine ihrer Glanzrollen war die Königin der Nacht in der »Zauberflöte«. Aber auch Gastspiele an anderen großen Opernhäusern, wie München, Berlin, London oder Mailand, hatten sie international bekannt gemacht. Bernhard wusste zwar von ihrer Karriere, hatte aber seit dem Zusammentreffen vor nun fast drei Jahren in Frankfurt keinen Kontakt mehr zu ihr gehabt. Umso verwunderter war er, nun einen Brief von der Sängerin zu erhalten. Der Inhalt überraschte ihn dann sehr: Angelika teilte ihm mit, dass sie für mehrere Liederabende, die sie demnächst sowohl in Deutschland als auch in Frankreich und Italien geben werde, einen Klavierbegleiter suche. Sie habe mit Interesse seine Entwicklung als Kammermusiker verfolgt und würde gerne mit ihm zusammenarbeiten. Ein Reiseplan und das vorgesehene Programm lagen bei. Sie bat ihn, ihr doch recht bald eine möglichst positive Nachricht zu senden.

Bernhard war über dieses Angebot sehr glücklich. Sofort besprach er sich mit seinen Trio-Kollegen, und zu seiner großen Freude kamen sie ihm so weit entgegen, dass er das Angebot Angelikas annehmen konnte. Sofort schrieb Bernhard der Sängerin einen herzlichen Brief, bedankte sich für Ihr Vertrauen und bat sie, ihm doch Termine für eine erste Probe mitzuteilen. So kam es denn schon wenige Wochen später zur ersten künstlerischen Zusammenarbeit in Frankfurt.

Zunächst waren beide ziemlich verlegen. Mit keinem Wort wurde ihr erstes Zusammentreffen vor einigen Jahren erwähnt oder gar über Josef Oberhuber gesprochen. Weil sowohl Bernhard als auch Angelika wohl den Wunsch hatten, dieses Thema, oder überhaupt die Kriegsereignisse, nicht zu erwähnen, tasteten sie sich in den ersten Gesprächen vorsichtig aneinander heran, und es dauerte eine ganze Weile, bis ihre Unterhaltung nicht mehr von der Angst belastet wurde, etwas Falsches zu sagen und alte, kaum verheilte Wunden wieder aufzureißen.

Die Situation entspannte sich, als sie mit der Probe begannen. Das von Angelika ausgewählte Programm setzte sich aus Liedern von Franz Schubert, Felix Mendelssohn und Johannes Brahms zusammen. Sie begannen mit Schuberts »An den Mond« und hatten keine Schwierigkeiten, ihre musikalischen Empfindungen aufeinander abzustimmen. Bald wurde jener geheimnisvolle Zustand erreicht, wo das Erlebnis der Probe für die Künstler intensiver sein kann als das dann folgende Konzert. So erarbeiteten sie neben dem Lied »An den Mond« von Schubert noch je ein Lied von Mendelssohn – »Neue Liebe« – und Brahms – »Nachtwandler« – und waren so in ihre Arbeit vertieft, das sie gar nicht bemerkten, wie die Zeit verstrich.

Es kam dann zu einer fast etwas peinlichen Duplizität der Ereignisse, als ein Hausmeister – wie einige Jahre zuvor auch – ins Zimmer kam, sich für die Störung entschuldigte und die Künstler bat, doch ihre Probe jetzt zu beenden, weile er das Haus abschließen müsse.

Sie wurden jäh aus ihren künstlerischen Höhenflügen in die nüchterne Gegenwart versetzt. Angelika sah sich plötzlich einer ähnlichen Situation gegenüber wie vor etwa drei Jahren, als sie durch Bernhard vom Tod ihres Verlobten Josef Oberhuber erfahren hatte. Auch damals war ein Hausmeister ins Zimmer getreten, um sie zum Verlassen des Hauses aufzufordern. Bernhard wusste, das Angelika jetzt das Gleiche denken und fühlen würde wie bei ihrem Besuch vor einigen Jahren. Verlegen standen sie sich gegenüber: Der Hausmeister, der von alledem nichts wusste, Angelika, die wieder so schmerzhaft wie seit langem nicht mehr an den Tod ihres Verlobten erinnert wurde, und Bernhard, der die Lage wohl richtig einschätzte, aber nicht wusste, ob er darauf eingehen solle oder nicht.

Angelika beendete diese quälenden Augenblicke als sie sagte:

»Ich habe gar nicht bemerkt, wie spät es schon ist. Jetzt muss ich mich aber beeilen, damit ich meinen Zug nach Mannheim nicht verpasse.«.

»Ich bringe Sie noch zum Bahnhof«, sagte Bernhard und packte seine Sachen zusammen. Und zum Hausmeister: »In einer Minute sind wir draußen. Entschuldigen Sie bitte, dass wir Sie aufgehalten haben.«

»Das geht schon in Ordnung«, sagte der Hausmeister. »Ich hoffe, Sie hatten eine effektive Probe.«

»Ja, das hatten wir«, sagte Angelika. Und zu Bernhard: »Ich bin sehr glücklich darüber, dass wir auf diese Weise zusammen gekommen sind.«

»Mir geht es ebenso«, antwortete Bernhard. Dann verließen sie das Haus.

Sie probierten in der nächsten Zeit noch oft zusammen. Sowohl in Mannheim als auch in Frankfurt. Vielleicht sogar öfter als es notwendig gewesen wäre. Die »Chemie« stimmte, wie man so sagt. Sie waren einfach gerne zusammen. Auf ihrer ersten Konzertreise ernteten sie überall großen Beifall. Es folgten dann noch viele gemeinsame Auftritte und schon bald wurde das Duo Münchmann-Winterbach ein fester Begriff in der Musikwelt. Das Klaviertrio musste immer öfter zurückstehen und bald kamen sie überein, dass Bernhard sich ausschließlich der Aufgabe als Liedbegleiter widmen solle. Seine Kollegen bedauerten das zwar sehr, mussten sich aber den Gegebenheiten fügen. Bernhard hatte seinen Platz in der Musikwelt gefunden. Schneller, als er es je für möglich gehalten hätte!

13

1957 Alles ist im Aufbruch. Mit einer zuvor nicht für möglich gehaltenen Energie ist Deutschland dabei, die Kriegsfolgen zu beseitigen. Das dokumentiert sich nicht nur im unerwartet schnellen Aufbau der zerstörten Städte, der Industrieanlagen und der Infrastruktur, in der Normalisierung und Stabilisierung der politischen Verhältnisse – bei der Bundestagswahl im Jahr 1957 errangen die Unionsparteien unter der Führung von Konrad Adenauer die absolute Mehrheit. Die Bindung der Bundesrepublik Deutschland an Nordamerika und an die Westmächte wurde immer enger, was unter anderem durch die Aufstellung der Bundeswehr und die Rekrutierung der ersten Wehrpflichtigen im Jahr 1957 zum Ausdruck kam. Auch auf kulturellem Gebiet ging es bergauf und die deutschen Künstler versuchten erfolgreich, den durch die Nationalsozialisten unterbrochenen Kontakt zu den kulturellen Entwicklungen des Auslands wieder herzustellen. Von den Nazis verfemte und zur Flucht gezwungene Musiker, Komponisten und Schriftsteller kehrten zurück und befruchteten das Geschehen in Deutschland. Bedeutende Theater und Opernhäuser wurden wieder eröffnet. Oft auch in provisorischen Räumen, weil viele Theater noch zerstört waren. So auch in Frankfurt. Das am 20. Oktober 1880 mit Mozarts »Don Giovanni« in Gegenwart von Kaiser Wilhelm I. eröffnete, von dem Berliner Architekten Richard Lucae gestaltete Opernhaus war im März 1944 ein Opfer der Bombenangriffe geworden. Nach dem Krieg entbrannten heftige Kämpfe zwischen den Politikern und den Bürgern der Stadt über das Schicksal dieses Frankfurter Wahrzeichens. Der damalige Hessische Finanzminister Rudi Arndt sagte in einer dieser Diskussion, er gäbe noch eine Million Mark aus seinem Haushalt dazu, »wenn einer die Ruine mit Dynamit sprenge.« Zum Glück formierten sich starke Bürgerinitiativen, was schließlich zu einem Wiederaufbau der »Alten Oper« führte. Allerdings nicht als Opernhaus sondern als Konzertsaal.

Die Frankfurter Oper spielte in dieser Zeit in dem ehemaligen Schauspielhaus am Theaterplatz. Seit 1952 war Georg Solti dort Opernchef und machte das Haus zu einem führenden Theater in Deutschland. Hervorragende Sängerinnen und Sänger wurden von ihm sowohl als feste Ensemblemitglieder als auch für Gastauftritte engagiert. So auch Angelika Münchmann, die immer öfter in Frankfurt gastierte. Obwohl sie nicht Ensemblemitglied war, wurde Frankfurt immer mehr ihre künstlerische Heimat, von wo aus sie die immer zahlreicher werdenden Gastspiele absolvierte.

Mit ein Grund für ihre »Treue« zu Frankfurt war natürlich auch Bernhard Winterbach. Sie verlegte ihren Hauptwohnsitz nach Frankfurt, was sich sehr vorteilhaft auf die Zusammenarbeit auswirkte.

Von ihren Freunden und Verehrern schon lange erwartet, heirateten Angelika Münchmann und Bernhard Winterbach im Frühjahr 1957. Die Hochzeit war unspektakulär und auch ihrer Arbeit angemessen – sie kamen als Ehepaar von einer Konzertreise zurück. Sie hatten die Vorbereitungen geheim gehalten und in Zürich geheiratet. Nun zogen sie in eine große gemeinsame Wohnung im Frankfurter Westend, im Kettenhofweg.

Es schien so, als ob Angelika Münchmann und Bernhard Winterbach nach vielen durch den Krieg bedingten qualvollen Jahren, in denen sie nicht nur den Verlust lieber Menschen beklagen mussten, sondern auch selbst in ausweglos erscheinende Situationen geraten waren, zu einem Glück verheißenden Leben gefunden hatten. Es war ihnen gelungen, sich von der belastenden Vergangenheit zu lösen. Das Leben lag verheißungsvoll vor ihnen und sie waren glücklich.

Dieses Glück steigerte sich noch, als Angelika schwanger wurde. Bis zum sechsten Monat der Schwangerschaft sang sie noch in der Oper und machte mit Ihrem Mann auch noch kleinere Konzertreisen. Danach verzichtete sie auf alle künstlerischen Verpflichtungen und lebte nur noch für ihr künftiges Kind. Es war für Angelika und Bernhard wohl die glücklichste Zeit ihres Lebens.

Eines Tages, es war im Frühjahr 1958, stand Bernhard zufällig am Fenster der Wohnung, einem sehr repräsentativen Apartment im ersten Stock eines alten Frankfurter Patrizierhauses, als Angelika mit ihrem Auto an der gegenüberliegenden Straßenseite parkte. Sie verließ ihren Wagen, blickte zu Bernhard hinauf und winkte ihm zu. Dabei hielt sie den Daumen ihrer rechten Hand nach oben und lachte, was bedeuten sollte: Alles ist in Ordnung! Sie war jetzt im achten Monat schwanger und kam soeben von einer der üblichen Routineuntersuchungen zurück. Bernhard öffnete das Fenster und wollte ihr etwas zurufen, als er durch kreischende Bremsen und dumpfe, metallische Schläge erschrak, nach rechts zur nahen Straßenkreuzung blickte und zunächst nicht recht begreifen konnte, was dort geschah. Später, in seiner Erinnerung, als er in einem Krankenhaus lag und Ärzte und Schwestern sich um ihn bemühten, erlebte er alles noch einmal präziser. Was in Sekundenschnelle geschehen war, projizierte sein Gehirn in ihm nun so, als ob er einen Film des Unglücks ansehen würde, dessen Tempo er seinem Wahrnehmungsvermögen anpassen konnte. So sah er deutlich, wie der durch die Luft fliegende Motorradfahrer die Arme bewegte, als suche er Halt, wie das Motorrad, auf der Seite liegend und laut hupend, über die Straße schlitterte, sich um die eigene Achse drehte, gegen den Mast einer Verkehrsampel stieß, seine Richtung änderte und auf das Auto zuraste, dessen Tür seine Frau gerade geschlossen hatte. Er sah, wie Angelika davon laufen wollte, jedoch von der heranscheppernden und immer noch hupenden Maschine getroffen wurde und zusammen mit dem herrenlosen Motorrad gegen die Hauswand unter seinem Fenster prallte. Der Motorradfahrer lag mitten auf der Straße und versuchte zunächst noch vergeblich, sich zu erheben, bis sich nur noch sein rechter Unterarm – scheinbar selbständig – hob und senkte. Doch dann erstarb auch diese Bewegung.

Bernhard beugte sich aus dem Fenster und sah auf dem Bürgersteig das stark zerstörte Motorrad. Dann erblickte er einen Arm Angelikas, der neben dem Benzintank lag, als gehöre er gar nicht zu ihrem Körper. Er sah deutlich den Ehering an ihrem Finger. Angelika und das Motorrad schienen eine verworrene Einheit zu sein. Stangen, verformte Bleche, Arme und Beine waren in- und umeinander zu skurrilen Verformungen verschlungen. Einzelne Eisenteile lagen verstreut auf der Straße, und wie die Arme einer Krake krochen Benzinrinnsale unter dem Menschen- und Maschinenknäuel hervor, aus dem ihn das Gesicht Angelikas anblickte, Mund und Augen weit geöffnet. Noch aus ihrem erstorbenen Blick konnte er ungläubiges Erstaunen lesen.

Dann stand er auf der Straße, hörte Polizeisirenen, sah Krankenwagen und geschäftig hin und herlaufende Sanitäter, die den Motorradfahrer auf eine Bahre legten und in einen Krankenwagen schoben. Er erinnerte sich an ein ausdrucksloses Gesicht und wunderte sich über den großen Ring, den der junge Mann an seinem rechten Ohrläppchen trug. Weiter weg, auf der anderen Seite der Kreuzung, lag ein brennendes Auto. Sanitäter kümmerte sich am Straßenrand um einen Verletzten. Ob Mann oder Frau konnte er nicht erkennen.

Obwohl Bernhard mitten im Geschehen stand und jede Einzelheit deutlich wahrnahm, war er dennoch weit, sehr weit entfernt von allem, fühlte sich nicht dazugehörig und war erstaunt, als er eine Übelkeit verspürte, eine Schwäche, und sein Körper ihm nicht mehr gehorchte. Er bemerkte noch, wie man ihn stützte und dann behutsam ins Haus führte, während Polizeibeamte eine Decke über Angelika und die Motorradtrümmer breiteten.

Autos und Motorräder donnerten auf ihn zu, von vorne, von hinten, von allen Seiten. Er lag auf dem Boden, Scheinwerfer blitzten auf, Funken und Flammen fauchten aus den Auspuffen überdimensionaler Motoren. Wasserkaskaden stürzten auf brennende, übereinandergeschachtelte Wrackteile. Er lag in und zwischen diesem Chaos, sah alles, hatte Angst, hörte das Prasseln der Flammen, das Rauschen des Wassers

und das Scheppern aufeinander prallender Eisenteile; doch
er spürte nichts wenn er davon getroffen wurde, wenn der
Sturm Flammenwände über ihn hinwegfegte. Er war hilflos in
einem gegenstandslosen Inferno. Dann sah er, wie sich die ver-
schwommenen Konturen eines Fensters langsam verschärften,
wie draußen davor ein Baum sichtbar wurde, der sich im Winde
bewegte, und er bemerkte eine Krankenschwester, fühlte ihre
Hand, die seinen Puls kontrollierte.

14

Zwei Monate später stand Bernhard am Ufer der Tyne und blickte auf das träge dahinfließende Wasser. Es war Ende August, aber hier im Norden, nahe der schottischen Grenze, war es schon herbstlich kühl. Vor nun bald zwei Wochen hatte er Deutschland verlassen, um in der Einsamkeit Northumberlands zur Ruhe zu kommen. Nach dem verhängnisvollen Unfall und seinem einige Tage später verübten Selbstmordversuch war er mehrere Wochen in einem Sanatorium behandelt worden. Ärzte, Verwandte und Freunde hatten sich dort sehr um ihn gekümmert und ihm geholfen, den schrecklichen Tod seiner Frau und seines ungeborenen Kindes zu überwinden.

Als er Ende Juli das Sanatorium verlassen konnte, fühlte er sich jedoch noch nicht in der Lage, seine Arbeit an der Musikhochschule wieder aufzunehmen. Er hatte das Bedürfnis nach Ruhe und Abgeschiedenheit, um alleine mit sich, seinen Gedanken und Problemen zu einem zukunftsorientierten Leben zurück zu finden. Die Einladung seines Studienfreundes Norman Matthews, eine Zeit lang in dessen Sommerhaus im Norden Englands, in Northumberland, zu verbringen, kam ihm in dieser Situation sehr gelegen und er hatte das Angebot kurzentschlossen angenommen. Norman hatte vor Ausbruch des Krieges ebenfalls in Köln studiert. Es war ihm aber zum Glück noch gelungen, Deutschland wenige Tage vor Ausbruch des Krieges zu verlassen. Jetzt lebte er in Newcastle und war dort ein recht bekannter Klavierlehrer geworden. Bernhard hatte bald nach seiner Heimkehr aus der russischen Kriegsgefangenschaft im November 1949 mit ihm wieder Kontakt aufgenommen. Sie waren gut befreundet.

Es nieselte ununterbrochen und Bernhard hatte die Kapuze

seines Anoraks über den Kopf gezogen. Die Nässe tropfte von den Zweigen der Bäume und den Blättern der Büsche, die das Ufer säumten. Es war dunstig. Die ansteigenden Wiesen, wo die Schafe unbekümmert von der Nässe dem Wetter trotzten und in stoischer Ruhe ihre Nahrung suchten, versteckten sich schon bald in den tiefhängenden Wolken.

Das gegenüberliegende Ufer des Flusses sah man nur wie durch einen feinen Schleier, der jede Farbe in trostloses Grau verwandelte. Die Stechginsterbüsche und die vom Sturm zerzausten Kiefern und Eichen erschienen dort wie geheimnisvolle Silhouetten, wie phantastische Tiere oder gar Ungeheuer, die den Fluss bewachten.

Bernhard ging langsam am Ufer entlang, über einen fast völlig zugewachsenen Pfad und bemühte sich, den nassen Zweigen auszuweichen. Nach einiger Zeit wurde der Weg breiter, und bald hatte er eine schmale, asphaltierte Straße erreicht, die ihn zu einem kleinen Ort führte. Es war eine der für diese Gegend typischen Ansiedlungen mit wenigen, aus Natursteinen gebauten, zumeist recht alten Häusern mit gepflegten Vorgärten. In der Mitte des Ortes stand ein großes, altes Gebäude. Es sah aus wie eine Mischung aus Burg und Kirche, mit einem viereckigen, nicht allzu hohen, zinnenbewehrten Turm. Ein kunstvoll bemaltes, ovales Schild mit der Abbildung eines schwarzen Bullen in der Mitte wies auf einen Pub hin, der »Black Bull« hieß.

Durch eine schmale Tür betrat Bernhard einen gewölbeartigen, rechteckigen Raum, der nur sehr spärlich beleuchtet war. An der linken Seite stand eine Theke aus schwarz gebeiztem, roh bearbeitetem Holz, das wie versteinert wirkte. Dort gab es Zapfstellen für mehrere Biersorten. An der Natursteinwand dahinter sah man ein ebenfalls schwarzes Holzregal mit Gläsern und vielen Flaschen. Vor der Theke standen einige Barhocker, und an der gegenüberliegenden Wand boten vier kleine Tische mit Stühlen, die an Kirchenbänke erinnerten und ziemlich unbequem aussahen, weitere Sitzgelegenheiten. Bernhard zog seinen nassen Anorak aus und hängte ihn an einen klobigen, hölzernen Garderobenhaken, der an der Wand in der Nähe der Tür befestigt war. Dann setzte er sich an die Theke.

Der Raum hatte nur ein Fenster, doch durch die mit mittelalterlichen Motiven bemalten Glasscheiben drang kaum Licht herein. Über der Theke brannten drei nicht sehr helle Lampen, die mit modern anmutenden, metallenen Schirmen versehen waren und so gar nicht zu den anderen Einrichtungen passten. Sie waren so angebracht, dass sie zwar die Theke beleuchteten, den übrigen Raum aber im Dämmer ließen, woran sich die Augen erst gewöhnen mussten, wenn man von draußen hereinkam. So bemerkte Bernhard denn auch den Mann hinter der Theke erst, als dieser sich etwas vorbeugte und ihn nach seinen Wünschen fragte. Bernhard – er war der einzige Gast – sagte leichthin, während er seinen Hocker zurechtschob, er wünsche ein Glas Guiness.

Während der Mann hinter dem Tresen das Bier einschenkte, sagte er zu Bernhard: »Ich habe Sie noch nie gesehen. Haben Sie geschäftlich hier zu tun?«

»Nein«, antwortete Bernhard. »Nicht geschäftlich.«

»Dann haben Sie sicher Verwandte in dieser Gegend, die Sie besuchen wollen.«

Bernhard lachte. »Nein, auch das nicht.

»Entschuldigen Sie meine Neugierde. Es geht mich ja nichts an. Aber wenn wir hier einen Fremden sehen, ist das schon fast eine Sensation.«

»Ich mache Urlaub«, sagte Bernhard.

»Urlaub?« wunderte sich der Mann.

»Ja, ich will mich hier in dieser Abgeschiedenheit erholen.«

»Wenn man seine Ruhe haben will, ist das hier sicher der richtige Ort.« Der Mann stellte das gefüllte Glas vor Bernhard auf die Theke. Nachdem Bernhard den ersten Schluck getrunken hatte, sagte er: »Wissen Sie, was mir hier besonders gut gefällt?«

»Nein. Was denn?«

»Hier gibt es mehr Schafe als Menschen.«

Der Mann hinter der Theke lachte. »Da haben sie sicher Recht.«

»Wenn ich hier durch die Gegend spaziere, treffe ich zumeist nur Schafe«, redete Bernhard weiter. »Nichts als Schafe. Große und kleine Schafe. Sie fressen oder liegen faul herum und kauen gemütlich vor sich hin. Sie wollen nichts von mir, und schauen mich kaum an. Das gefällt mir.«

»Wenn man nur zu Besuch hier ist, dann mag das stimmen.«

Der Mann machte sich nun an dem Regal zu schaffen, ordnete Gläser und Flaschen und wischte auch schon einmal mit einem Tuch über die Bretter. Er war ein pyknischer Typ, vielleicht sechzig Jahre alt, mit einem großen Kopf, der direkt auf den Schultern zu liegen schien. Die kleine, wulstige Nase saß zwischen zwei dicken, geröteten Wagen. Schütteres, graues Haar bedeckte nur unzureichend eine schon weit fortgeschrittene Glatze. Sein Körper war rundlich, mit auffallend kurzen Armen und breiten Händen. Er war sehr korrekt gekleidet, trug zwar kein Jackett, aber ein sauberes, gestärktes weißes Hemd und eine blaue Krawatte. Der Mann bewegte sich trotz seiner Körperfülle überraschend behände und strahlte dabei Wohlbefinden und Gemütlichkeit aus.

»Ich finde die Gegend hier sehr interessant«, versuchte Bernhard nach einiger Zeit das Gespräch fortzusetzen.

»Das mag schon sein«, antwortete der Mann höflich, unterbrach seine Tätigkeit und wandte sich wieder seinem Gast zu. »Aber man muss schon genau hinsehen.«

»Es kommt aber auch immer darauf an, was man sehen will«, sagte Bernhard. »Mich fasziniert zum Beispiel alleine schon die melancholisch stimmende, leicht hügelige Landschaft, die zu Gedanken zwingt die in der Hast einer Stadt gar nicht möglich sind. Und dann die alten, etwas düsteren Gebäude, wie auch dieses Haus hier. Wissen Sie, wie alt es ist?«

»Es stammt aus dem 15. Jahrhundert.«

»Sprechen die Mauern da nicht manchmal zu Ihnen? Nachts, wenn sie mal nicht schlafen können?«

Der Wirt blickte Bernhard nachdenklich an, schenkte sich dann auch ein Glas Bier ein, trank einen Schluck und sagte, etwas geheimnisvoll: »Sie erzählen mir ganze Geschichten.«

»Welche?«

»Kommen Sie!«

Beide setzten sich an einen Tisch, der in einer gut zweieinhalb Meter breiten und etwa zwei Meter tiefen Nische stand.

»Wo wir hier sitzen«, erklärte der Wirt, »war früher ein offener Kamin, eine Feuerstelle, eine sehr große Feuerstelle, und über uns ist natürlich der Abzug, der Schornstein, wenn Sie so wollen. Eigentlich müsste er ja oben offen sein, so dass man den Himmel sehen könnte. Aber als ich die Bar hier eingerichtet habe, ließ ich ihn abdecken, damit es nicht hereinregnet.«

Bernhard blickte angestrengt nach oben und sagte dann: »Aber warum ist dort, etwa in fünf Meter Höhe, eine Tür? Dort oben, wo normalerweise nur Rauch und heiße Luft aufsteigen?«

»Da sind wir jetzt schon bei einer der Geschichten, die dieses alte Haus erzählen kann.«

»Nun bin ich aber gespannt.«

Der Wirt sprach weiter: »Wie ich Ihnen schon sagte, stammt das Gebäude aus dem 15. Jahrhundert. Es war damals ein katholisches Kloster. Als Heinrich VIII sich Anfang des 16. Jahrhunderts zu Gunsten einer Nationalkirche von Rom trennen wollte, unterwarf sich der Klerus aufgrund eines Unterhausbeschlusses dem König und erklärte ihn an Stelle des Papstes zum Haupt der Kirche.

Einer der führenden Staatsmänner im Kampf gegen das Papsttum in dieser Zeit war Thomas Cromwell, Earl of Essex, der dabei mit unnachgiebiger Strenge vorging. Vor allem gegen die katholischen Klöster. Davon betroffen war wohl auch unser ehemaliges Kloster hier. Da die Mönche um ihr Leben fürchten mussten – gestützt auf einen Parlamentsbeschluss wurden alle romtreuen Katholiken des Hochverrats angeklagt und mit dem Tode bestraft – ersannen sie die List mit der Tür dort oben. Sie führt in einen kleinen Speicherraum, der keinen anderen Zugang hat als diese Tür. War nun Gefahr im Verzug, dann kletterten die Mönche mit Hilfe einer Strickleiter durch diese Tür in den geheimen Raum und zogen die Strickleiter hoch. Der Hausknecht musste ein Kaminfeuer entzünden und den Soldaten etwas von einer panischen Flucht der Mönche erzählen. War die Gefahr vorüber, löschte der Hausknecht das Feuer und die Mönche konnten ihr Versteck wieder verlassen.«

»Das ist ja eine tolle Geschichte«, sagte Bernhard als der Wirt geendet hatte.

»Wenn Sie sich jetzt noch in eine solche Situation hineinphantasieren können« redete der Wirt weiter, »dann werden Sie nacherleben, was damals hier geschehen ist.«

Nach einer längeren Pause erklärte der Wirt: »Als ich das Haus vor vielen Jahren kaufte, habe ich mich ein wenig für seine Geschichte interessiert und bin dabei auch auf die Sache mit der Kamintür gestoßen. Es freut mich, dass Sie sich offensichtlich auch für Geschichte interessieren. Oder haben Sie gar beruflich damit zu tun?«

»Ich interessiere mich für Geschichte, das ist wohl wahr; aber beruflich habe ich nichts damit zu tun. Ich bin Pianist.«

»Was sagen Sie da?« Der Mann war aufgesprungen, als habe Bernhard etwas ganz Ungewöhnliches gesagt. »Pianist sind Sie?«

»Ja«, antwortete Bernhard, über die Reaktion des Wirtes etwas verwundert und lachte. »Ich spiele Klavier. Im Moment zwar nicht. Wie Sie sehen, trinke ich jetzt Bier. Das ist auch eine schöne Beschäftigung.« Er setzte den Krug an und nahm einen kräftigen Schluck.

Der Mann schien die Ironie in Bernhards Worten gar nicht zu bemerken und fuhr fort: »Ich habe nämlich eine ganz besondere Beziehung zu Pianisten.«

»Spielen Sie auch Klavier?« fragte Bernhard mit einem Blick auf die etwas wurstigen Finger des Wirtes, die wahrlich keine Pianistenhände waren.

»Nein, das nicht. Ich spiele überhaupt kein Instrument. Wenn ich ehrlich bin, interessiere ich mich noch nicht einmal sonderlich für Musik. Besonders nicht für klassische Musik.«

»Was sind denn da Ihre speziellen Beziehungen zu Pianisten?«

Der Mann antwortete nicht ohne Stolz: »Wir haben einen Pianisten in unserer Familie. Mein Neffe spielt Klavier.«

»Was heißt das? Spielt er nur so zu seinem Vergnügen Klavier, oder ist das sein Beruf?«

Einschränkend antwortete der Mann: »Sein Beruf – nun

ja – er ist wohl noch etwas zu jung. Vielleicht später einmal, wenn …«

»Wie alt ist er denn?«

»Er wird bald dreizehn Jahre.«

»Und wie lange spielt er schon Klavier?«

»Ich weiß es gar nicht so genau. Vier oder fünf Jahre war er alt, als er damit angefangen hat.«

»Dann muss er ja schon etwas können.«

»O ja, so ist es auch. Er gibt übermorgen ein Konzert in New Castle.«

»Ein öffentliches Konzert?«

»Ja, er gibt einen Sonatenabend. Was das auch immer sein mag. Ich kenne mich da nicht so gut aus.«

Nun wurde Bernhard doch hellhörig. »Er spielt als Solist in einem öffentlichen Konzert?«

»Ja.«

»Und er ist erst dreizehn Jahre alt?

»Das sagte ich doch.«

»Dann ist er ja ein richtiges Wunderkind.«

»Das kann schon sein. Sein Lehrer Norman Matthews sagt jedenfalls, wenn er so weitermacht, kann aus ihm etwas ganz Großes werden.«

»Wie heißt sein Lehrer? Norman Matthews?«

»Ja, Norman Matthews«, wiederholte der Mann. »Kennern Sie ihn zufällig? Er soll ein sehr guter Klavierlehrer sein. Jedenfalls sagt das mein Bruder.«

»Und ob ich den kenne. Ich wohne in seinem Sommerhaus. Wir haben vor dem Krieg zusammen in Köln studiert und sind gut befreundet.«

»Wenn das kein Zufall ist«, wunderte sich der Wirt. »Dann sprechen Sie doch einmal mit ihm. Er kann Ihnen sicher mehr über meinen Neffen sagen. Er heißt übrigens Bernhard Pearson.«

»Bernhard? Ich heiße auch Bernhard.«

»Ich habe ein Programm für das Konzert«, sagte der Wirt, stand auf und ging wieder an die Theke. Dort nahm er aus einer Schublade eine kleine Broschüre, die er Bernhard gab.

»Darin steht alles über meinen Neffen«, sagte er. »Auch das Programm, das er spielen wird. Sie können es gerne behalten, wenn es sie interessiert.«

»Vielen Dank. Das interessiert mich sehr.«

Es war mehr eine üppig gestaltete Broschüre denn ein Programmheft. Auf der ersten Seite war ein recht auffälliges, an den späten Matisse erinnerndes, vom Fauvismus beeinflusstes Bild mit expressiven Farben wiedergegeben: Vor einem roten Hintergrund saß an einem schwarzen Flügel ein Pianist im Frack; aber er spielte nicht, sondern ließ seine Arme schlaff herunterhängen. Soll hier die Erschöpfung nach einem Konzert gezeigt werde, dachte Bernhard, oder die letzten Sekunden der Konzentration vor Beginn des Vortrages? Jedenfalls war er von dem Bild sehr beeindruckt. Dann sah er in der rechten unteren Ecke die kleine, unauffällige Signatur: »Pearson«.

»Ist das der Vater unseres Wunderkindes?« fragte Bernhard und zeigte auf die Signatur.

»Nein«, antwortete der Wirt, »es ist seine Mutter. Sie ist eine recht bekannte Malerin; aber das können Sie alles in der Broschüre nachlesen.«

Bernhard blätterte in dem kleinen Heft. Plötzlich hielt er inne und erschrak – ungläubig betrachtete er eine Photographie, die das Wunderkind Bernhard Pearson mit seinen Eltern und einem etwa fünfjährigen Mädchen zeigte. Er legte die Broschüre vor sich auf den Tisch und klammerte sich an die Tischkante, um das Zittern seiner Hände zu verbergen. Der Wirt bemerkte aber wohl das plötzliche, sonderbare Verhalten. »Ist Ihnen nicht gut?« fragte er teilnahmsvoll. Bernhard schüttelte wie geistesabwesend seinen Kopf und sagte leise vor sich hin: »Das kann nicht sein. Nein, das kann nicht sein.«

»Was meinen Sie?« fragte der Mann. »Kann ich Ihnen helfen?«

»Das Photo hier.« Bernhard zeigte auf die abgebildete Photographie. «Dieses Photo.«

»Was ist damit? Es zeigt Bernhard Pearson mit seiner Familie«

»Das sind wirklich die Eltern des jungen Pianisten?«

»Ja, so ist es. Ich kenne die vier recht gut. Immerhin ist Peter Pearson mein Bruder.«

»Hanna!« Bernhard flüsterte es mehr als er es aussprach. Und noch einmal: »Hanna!« Dann stand er auf, nahm seinen Anorak von dem Kleiderhaken und verließ wortlos den Pub. Die Broschüre ließ er liegen.

Der Wirt konnte sich das seltsame Verhalten seines Gastes nicht erklären. Er ist wohl doch ein sonderbarer Kauz, dachte er. Wenn schon einer aus Deutschland hierher kommt, um in dieser Abgeschiedenheit Urlaub zumachen, dann muss ja irgendetwas mit ihm nicht in Ordnung sein. Er ging wieder hinter die Theke und setzte seine Arbeit fort.

Bernhard lief ziellos durch den immer stärker werdenden Regen. Ja, es ist Hanna. Daran gab es für ihn keinen Zweifel. Immer hatte er ihr Bild vor Augen gehabt. Sowohl während seiner Zeit in russischer Gefangenschaft als auch nach seiner Entlassung, als er sich wieder und wieder vergeblich bemüht hatte, sie zu finden. Ein sich über Jahre hinziehender Briefwechsel mit den Suchdiensten des Roten Kreuzes, der Kirchen und anderer mit der Personenzusammenführung befasster Behörden und auch mit Privatpersonen belegten seine Aktivitäten.

Dann war es ihm endlich mit vieler Mühe gelungen, sich von der quälenden Vergangenheit zu befreien, so dass er wieder seinen Platz im Leben finden konnte, bis der fürchterliche Unfall, dem seine Frau und das ungeborene Kind zum Opfer gefallen waren, ihn wieder aus der Bahn geworfen hatte. Nun war er dabei, diesen Schicksalsschlag mit Hilfe seiner Freunde zu überwinden, da wurde er plötzlich und unerwartet wieder in die Vergangenheit zurückgerufen und er wusste nicht, wie er mit diesem Ereignis umgehen solle. Er war noch zu sehr verwundet, um dieser Situation mit Ruhe und Überlegenheit zu begegnen.

Mit konfusen Gedanken, die zu keinem Ergebnis führten, irrte Bernhard umher und hatte sich bald total verlaufen. Ihn kümmerte es nicht. Er wünschte jetzt nichts mehr, als dass sich ein fürchterlicher Schlund öffnen werde, um ihn mit all seinen

Gedanken zu verschlingen. Zu viel war in der letzten Zeit auf ihn eingestürmt. Seine verletzte Seele schmerzte und schrie nach Erlösung, nach Tod und Vergessen.

Wie durch ein Wunder hatte er dann doch den Heimweg gefunden, und sehr spät am Abend kehrte er in sein Haus zurück.

Er wechselte seine nassen Kleider und kochte sich einen Tee. Zwischen dem Wunsch, mit Hanna zusammenzutreffen und dem Gedanken, so bald wie möglich wieder nach Hause zu fahren, schwankte er hin und her. Sie war verheiratet. Offensichtlich glücklich verheiratet, hatte zwei Kinder. Das Erlebnis mit Hanna im Herbst 1944 war Vergangenheit. Vorbei! Wer weiß, ob sie sich überhaupt noch daran erinnert. Was waren schon die wenigen glücklichen Stunden in einer Zeit, da man noch sehr jung und unerfahren war und sich an jedes kleine Quäntchen Glück, an jeden Anschein einer Normalität geklammert hatte, das man in dieser durch Unglück, Tod und Verzweiflung bestimmten Zeit erhaschen konnte. Waren seine Gedanken an Hanna jetzt nicht nur noch romantische Schwärmerei?

Er kam zu keinem Ergebnis. Immer mehr tendierte er aber dazu, England zu verlassen und Hanna nicht in Konflikte zu stürzen oder gar ihre Ehe zu belasten. Oder wäre es nicht auch möglich, jetzt wie gute alte Bekannte miteinander zu verkehren, ohne dieser ehemaligen, längst vergangenen Beziehung nun eine schicksalhafte Bedeutung beizumessen?

Dann wurde er in seinen Grübeleien durch lautes Pochen an der Haustür unterbrochen. Er war so sehr mit seinen Gedanken beschäftigt, dass es eine ganze Weile dauerte, bis er begriff, dass jemand bei ihm Einlass begehrte. Endlich stand er auf und öffnete die Tür.

»Gott sei Dank, du bist zu Hause« begrüßte Norman ihn. »Wir waren etwas besorgt.«

»Besorgt? Warum denn?«

»Hast du unsere Verabredung vergessen?«

»Unsere Verabredung?«

»Ja, wir waren zum Essen verabredet.« Norman lachte. »Weißt du das nicht mehr?«

»Richtig, ja, das habe ich tatsächlich vergessen. Entschuldige vielmals. Deshalb kommst du eigens hierher?«

»Was sollte ich denn sonst machen? Telefon gibt es hier nicht und wir haben uns Sorgen gemacht. Außerdem ist um diese Zeit der Verkehr auf den Straßen nicht mehr so stark. Ich habe für die Strecke kaum mehr als eine Stunde gebraucht«

»Das ist mir alles sehr unangenehm. Entschuldige mich bitte auch bei deiner Frau, die sich jetzt vergeblich mit dem Essen bemüht hat.«

»So ganz vergeblich war das nun auch wieder nicht. Mir hat es gut geschmeckt.«

»Vielleicht kannst du mir mildernde Umstände für mein Verhalten zubilligen«, meinte Bernhard, »wenn ich dir sage, was ich heute Nachmittag erlebt habe.«

»Was hast du denn erlebt? Kann man hier in dieser Abgeschiedenheit denn überhaupt so aufregende Sachen erleben, dass man darüber eine Einladung zum Abendessen vergisst?«

»Ich wurde plötzlich mit meiner Vergangenheit konfrontiert.«

»Hier oben im Norden? Weitab von allen Orten, die man mit deiner Vergangenheit in Verbindung bringen könnte?«

»So ist es.« Dann berichtete Bernhard seinem Freund von dem Besuch im »Black Bull«, erzählte ihm von dem weit zurückliegenden Zusammentreffen mit Hanna. Er berichtete mit aller Deutlichkeit und war dabei gefühlsmäßig weit mehr engagiert, als er es wohl selbst bemerkte. »Ich glaube, es wird das Beste sein«, resümierte er, »wenn ich die Sache für mich behalte und gar keinen Kontakt mit Hanna aufnehme. Sie ist doch, wie mir scheint, mit ihrem jetzigen Leben zufrieden und ich würde da nur stören. Nein, es ist besser, wenn sie von mir nichts mehr erfährt.«

»Und du bist ganz sicher, das es sich bei der Frau auf dieser Photographie um Hanna handelt?«

»Da gibt es keinen Zweifel.«

Nach einiger Zeit des Nachdenkens sagte Norman, der von dem doch sehr emotionalen Bericht seines Freundes beeindruckt war: »Ich bin mir nicht sicher, ob du die Sache richtig beurteilst. Wahrscheinlich misst du der ganzen Angelegenheit eine viel größere Bedeutung bei, als ihr tatsächlich zukommt. Ich könnte mir vorstellen, dass Hanna sich freuen würde, dich wieder zu sehen, ohne den Wunsch zu haben, eure kurze und zufällige Affäre während des Krieges nun fortzusetzen.«

»Ich weiß eben nicht, ob man von einer kurzen und zufälligen Affäre reden kann. Gewiss, kurz war sie, weil die Umstände es nicht anders erlaubten. Zufällig natürlich auch, was aber beides nicht dasselbe sein muss wie bedeutungslos.« Nach einer ziemlich langen Zeit des beiderseitigen Schweigens sagte Bernhard leise und etwas resignierend: »Ich weiß nicht, ob ich ihr gegenübertreten soll.«

»Bist du etwa ein kleiner Feigling?« scherzte Norman.

»Rede doch nicht solchen Unsinn«, antwortete Bernhard etwas ungehalten. »Ich will nur keinen unnötigen Ärger machen. Stell dir vor, ihr Mann weiß gar nichts von unserer gemeinsamen Vergangenheit. Wie sollen wir, wie soll Hanna unsere Bekanntschaft erklären? Weiß du, was dieser Peter Pearson für ein Mensch ist? Wie er reagieren wird? Das sind alles Unsicherheitsfaktoren, deren Folgen man nicht voraussehen kann. Nein, es ist wohl besser, ich reise so bald wie möglich ab.«

»Und quälst dich zu Hause mit dem Gedanken, etwas unterlassen zu haben. Du weißt jetzt dass Hanna lebt. Du weißt wo sie lebt. Du weißt wie sie lebt; aber du weißt nicht, wie sie euer kleines Abenteuer verarbeitet hat, ob es noch eine Rolle in ihrem Leben spielt – wie es bei dir offensichtlich der Fall ist – oder ob sie es vergessen hat. Nach allem was ich hier von dir höre, glaube ich doch, dass du jetzt nicht einfach nach Hause fahren solltest, dass du dieses Erlebnis hier nicht als etwas Beiläufiges abhaken kannst. Das glaube ich nicht. Du solltest es klären. Jetzt hast du die Gelegenheit dazu.«

»Das sagt du so leichthin.«

»Nein, das sage ich nicht so leicht dahin. Ich glaube wirklich, dass die Sache einer Klärung bedarf. Auch wenn das für dich vielleicht schmerzlich sein wird. Wenn du dem jetzt aus dem Weg gehst, wirst du wahrscheinlich nie zur Ruhe kommen.«

Bernhard saß am Tisch und stierte mit leerem Blick vor sich

hin. Sein Freund konnte nur vermuten, was in ihm vorging. Nach einiger Zeit redete Norman weiter: »Ich mache dir einen Vorschlag: Frau Pearson, also Hanna, hat hier in der Nähe ein kleines Geschäft. Nicht, dass sie davon leben müsste. Ihr Mann verdient gut genug. Sie betreibt es wohl mehr als Hobby und verkauft dort Damenmoden und Malerartikel.«

»Mode und Malerartikel?« wunderte Bernhard sich.

»Ja«, antwortete Norman. »Farben, Papier, Leinwand und solche Sachen.«

»Das ist eine etwas ungewöhnliche Mischung.«

»Das mag schon sein. Aber hier in der Gegend gibt es viele Maler. Nicht nur Dilettanten. Auch ganz professionelle Maler. Dort kannst du sie alleine treffen und dich mit ihr in Ruhe unterhalten. Ich bin sicher, sie wird sich freuen.«

»Du meinst, das ist eine gute Idee?«

»Ganz sicher ist es eine gute Idee!«

»Wo ist das Geschäft?«

»Das weiß ich auch nicht so genau. Geh doch morgen noch einmal in den Pub zu dem Bruder von Peter Pearson. Der kann es dir sicher genau erklären.«

»Ich muss ohnehin noch einmal dorthin gehen, weil ich heute in meiner Verwirrung vergessen habe, mein Bier zu bezahlen«

Sie saßen dann noch eine ganze Weile beisammen und redeten über alles Mögliche, über berufliche Probleme, über ihre Studienzeit und über gemeinsame Bekannte. Bernhard hatte eine Flasche Wein geöffnet, und es wurde noch eine recht gemütliche Plauderstunde, zumal Norman geschickt alle Themen vermied, die Bernhard in seiner gegenwärtigen schwierigen Lage belasten konnten.

Finale

Am nächsten Tag war das Wetter besser. Die Sonne schien von einem wolkenlosen Himmel, aber es war sehr stürmisch. Die Bäume schienen wie klobige Lebewesen zu tanzen, wobei sie rauschend, pfeifend und knarrend ihre eigene, aus Urzeiten stammende Musik machten.

Bernhard hatte unruhig geschlafen und wirres Zeug geträumt. Die Erlebnisse und Gespräche des vergangenen Tages ließen ihn nicht zur Ruhe kommen. Sehr früh war er aufgestanden, hatte gefrühstückt und dann bald das Haus verlassen. Geradezu genussvoll gab er sich der Natur hin, öffnete seinen Anorak und fühlte mit seinem ganzen Körper den Wind. Er beneidete die Vögel, die scheinbar schwerelos mit der Natur spielten, ganz im Gegensatz zu einer Kuhherde, die den Sturm gar nicht zu bemerken schien und mit einer geradezu provozierenden Sturheit weidete und alles andere ignorierte. Er ging langsam, machte auch einige kleine Umwege, um nicht zu früh sein Ziel zu erreichen. Auch jetzt noch war die Versuchung groß, wieder umzukehren. Aber er ging dann doch weiter und schon bald sah er die ersten Häuser des kleinen Dorfes. Er betrat den dämmerigen Gastraum des Pubs und setzte sich wieder auf einen Barhocker an die Theke. Als der Wirt auf ihn zutrat und nach seinen Wünschen fragte, sagte Bernhard: »Zunächst möchte ich mein Bier von gestern bezahlen. Erst als ich zu Hause war, dachte ich daran. Entschuldigen Sie bitte.«

»Das kann schon einmal passieren«, beschwichtigte der Wirt. »Sie hatten es ja plötzlich sehr eilig. Hat sie hier bei uns etwas gestört?«

»Nein«, sagte Bernhard, »nein. Nur – als ich das Programmheft gelesen habe, erinnerte ich mich an ein Konzert – vor langer Zeit – wie soll ich das erklären – es war noch während des Krieges – wissen Sie …«

»Sie müssen es mir nicht erklären«, sagte der Wirt rücksichtsvoll, als er die Schwierigkeiten Bernhards bemerkte. »Ich hoffe nur, es ist wieder alles in Ordnung?«

»Ja, natürlich, das ist es.«

»Wollen Sie frühstücken?« fragte der Wirt.

»Nein, danke, ich habe schon gefrühstückt. Aber eine Tasse Kaffee hätte ich gerne.«

Der Wirt bediente eine Kaffeemaschine und wenig später stellte er eine dampfende Tasse vor Bernhard auf den Tresen. Der nippte vorsichtig daran, stellte die Tasse dann wieder zurück und sagte: »Ich habe gehört, Frau Pearson, also die Mutter unseres jungen Künstlers, habe hier in der Nähe ein Geschäft, wo man auch Malerartikel kaufen kann.«

»Ja, das stimmt. Sind Sie daran interessiert?«

»Ja, ich bin zwar kein großer Maler, aber so zum Vergnügen habe ich schon immer gemalt«, log Bernhard. »Ich möchte die Zeit hier nutzen und mich ein wenig mit meinen Hobby beschäftigen.«

»Da ist eine gute Idee.«

»Wissen Sie, wo das Geschäft ist?«

»Ja, das weiß ich. Es ist in einem Nachbarort. Ganz in der Nähe.«

»Wie lange läuft man dorthin?«

»Zu Fuß ist es vielleicht doch etwas zu weit. Am besten nehmen Sie den Bus. Er fährt jede Stunde und hält direkt vor unserem Pub.« Dann erklärte der Wirt ihm recht ausführlich den Weg zu dem Geschäft der Frau Pearson.

Bernhard bezahlte seinen Kaffee und das Bier vom Vortag, bevor er hinaus auf die Straße ging. Er blickte auf seine Uhr. In einer Viertelstunde würde der nächste Bus kommen.

Und wieder kamen die Zweifel. Sollte er Hanna wirklich besuchen? Wie würde sie reagieren? Wäre es nicht doch besser, die Sache einfach auf sich beruhen zu lassen? Dann dachte er an das gestrige Gespräch mit Norman und konnte sich dessen Argumenten doch nicht verschließen.

Er schlenderte die Dorfstraße entlang, betrachtete das Schaufenster einer Bäckerei, als ob es dort etwas ganz Außergewöhnliches zu bestaunen gebe und musste sich immer noch zwingen, seinen Plan nicht aufzugeben. Schließlich kam der Bus und Bernhard stieg ein.

Die Fahrt dauerte länger, als er nach den Schilderungen des Wirtes angenommen hatte. Nach fast einer Stunde – der Bus hatte einige Umwege gemacht, um noch mehrere Ortschaften anzufahren – erreichte er sein Ziel.

Bernhard ging langsam durch den kleinen Ort, der einen ganz anderen Charakter hatte als das freundliche Dorf mit dem alten Pub »Black Bull«. Wurde dort eine breite Straße von Häusern mit zum Teil recht üppigen Vorgärten umsäumt, so standen sich hier die Gebäude schmucklos und dicht gegenüber. Bernhard hatte das Gefühl, als würden die grauen, aus unregelmäßigen Natursteinen erbauten Mauern der alten Gebäude von beiden Seiten der Straße langsam auf ihn zukriechen, um ihn zwischen sich zu zerdrücken. Als einzige Farbtupfer bemerkte er die vielen blau gestrichenen Eingangstüren der Häuser, die zumeist mit blankgeputzten Messingbeschlägen versehen waren

Nur wenige Menschen begegneten ihm. Hin und wieder fuhr ein Auto langsam über die kopfsteingepflasterte Straße, die stellenweise so schmal war, dass er sich an die Hauswand stellen musste, um ein Gefährt vorbeizulassen.

Wie der Wirt in dem Pub es ihm erklärt hatte, erreichte er bald das Zentrum des kleinen Ortes – einen rechteckigen Platz, der an drei Seiten von Häusern begrenzt wurde und sich nach Westen hin öffnete, so dass man weit ins Land hinausblicken konnte. Nach kurzer Orientierung sah er neben anderen Läden auch das Geschäft der Frau Pearson. Es hatte ein freundlich dekoriertes Schaufenster mit einer für ihn ungewohnten Mischung aus Malerartikeln und Kleidungsstücken. Auch einige Bilder waren dort ausgestellt. Das Ganze war eine Mischung aus Boutique, Kunstgewerbe und Galerie.

Er trat ein. Es war ein nach hinten lang gestreckter Raum, der außer dem Schaufester keine andere Lichtquelle hatte und darum im Hintergrund etwas düster war. Dort sah er eine Frau, die an einem kleinen Tisch saß und an einer Schreibmaschine arbeitete. Als sie den Eintretenden bemerkte, wandte sie ihm ihr Gesicht zu und sagte mit einer tiefen, warmen Stimme: »Guten Tag. Kann ich Ihnen helfen?«

Es war Hanna. Ganz ohne Zweifel war es Hanna. Er hatte sie sofort erkannt. Sowohl an ihrer Stimme, als auch an ihrem Gesicht. Sie erhob sich und kam langsam auf ihn zu. »Was wünschen Sie, bitte?« Sie erkennt mich nicht, dachte er, warum erkennt sie mich nicht? Aber im Gegenlicht konnte sie ihn nur undeutlich wahrnehmen. Selbst wenn sie eine Ähnlichkeit bemerkt hätte, wäre sie wohl kaum auf den Gedanken gekommen, dass es Bernhard sein könne. Er stand da ohne ein Wort zu sagen. Sie war über das sonderbare Verhalten des Kunden etwas verwundert und sagte, nicht mehr ganz so freundlich: »Sie müssen mir schon sagen, was Sie wünschen. Oder wollen Sie sich nur ein wenig umsehen?« Und mit einer einladenden Geste: »Bitte sehr!« Dann wollte sie zu ihrem Tisch zurückgehen.

»Nein, warten sie!« Bernhard antwortete ihr zunächst auf Englisch. Er sprach schnell und auch etwas zu laut. »... ich meine – ich wollte nur ...« Dann wurde er etwas ruhiger und sagte auf Deutsch: »ich wollte mich unterhalten – nur sprechen – mit Ihnen – ja – mit dir ...« und sehr leise, kaum hörbar, fügte er hinzu: »Mit dir, Hanna!«

Wie mitten in der Bewegung erstarrt blieb sie stehen. Langsam, sehr langsam, als koste es sie große Mühe, drehte sie sich wieder um und sah ihn an.

»Nein!« sagte sie »Sie sind – du bist – Bernhard? – Ja? – du bist es wirklich? Ja du bist es! Mein Gott, mein Gott – ich glaub es nicht ...« Dann kam sie auf ihn zu, nein, sie stürmte die paar Schritte zu ihm, schlang ihre Arme um seinen Hals, presste sich an ihn und schmiegte ihren Kopf an seine Wange. Dabei flüsterte sie immerzu: »Bernhard – wie kommst du hierher? Wie hast du mich gefunden? Nach all den Enttäuschungen der letzten Jahre – ich kann es nicht glauben.« Er musste an ihre letzte Umarmung im Herbst 1944 denken, an den Abschied, als sie ihn hastig, wie von einer unsichtbaren Macht getrieben, verlassen hatte – und dann lagen ihrer Lippen aufeinander und sie versanken in dem Glück ihres Wiedersehens.

Endlich ließ sie von ihm ab und versuchte recht nüchtern zu sprechen: »Entschuldige bitte, Bernhard, entschuldige mein Verhalten. Ich weiß nicht, was mit mir geschah. Ich konnte einfach nicht anders. Es kommt alles so überraschend. Ich habe wirklich nicht mehr damit gerechnet, dich noch jemals wieder zu sehen. Mein Gott, was habe ich nicht alles versucht. Ich bin – nun ich weiß nicht …« Sie atmete tief ein und aus. »Nimm es mir bitte nicht übel. Ich werde schon wieder vernünftig. Komm, wir haben uns sicher viel zu erzählen.« Sie erfasste zärtlich seinen Arm und führte ihn zu dem kleinen Tisch im Hintergrund des Raumes. Da betrat eine Kundin das Geschäft.

»Warte hier einen Augenblick«, sagte sie zu Bernhard und bat ihn, an dem kleinen Tisch Platz zu nehmen.

Wie in Trance folgte er ihrer Aufforderung. Die geradezu stürmische Begrüßung hatte seine Unsicherheit noch verstärkt. Er fühlte sich der Situation in keiner Weise gewachsen. Was hatte er denn erwartet? Hatte er überhaupt etwas erwartet? Wäre es ihm lieber gewesen, wenn sie ihm höflich und kühl gegenübergetreten wäre?

Als die Kundin das Geschäft verlassen hatte, setzte Hanna sich wieder zu ihm. Sie sprachen nicht. Schließlich nahm sie seine Hand. Sehr zaghaft. Führte sie dann zu ihrem Mund und küsste sie zärtlich. Bernhards Unsicherheit wurde immer größer. Zwischen den Wünschen, sie zu umarmen und ihre Küsse zu erwidern, oder aufzustehen und das Geschäft zu verlassen, durchlebte er alle Nuancen eines zwischen höchstem Glück und tiefster Verzweiflung schwankenden Mannes. Wie paralysiert saß er da. Unfähig die Situation zu beherrschen. Die Gedanken torkelten durch sein Gehirn, konnten keine klaren Positionen beziehen. Immer wieder hatte er sich seit gestern das Zusammentreffen ausgemalt, hatte vielerlei Möglichkeiten bedacht, hatte ihre und seine wahrscheinlichen Reaktionen abgewogen – nichts von alledem war eingetroffen. Er war gefangen, gefangen in seiner Liebe zu Hanna. Selbst als er ihre Tränen auf seiner Hand spürte, als er sah und hörte wie sie weinte, heftig weinte, saß er nur da und war im wahrsten Sinne des Wortes im Glück erstarrt.

Schließlich beruhigte Hanna sich wieder, gab seine Hand frei und trocknete ihre Tränen. »Wir sollten miteinander sprechen«, sagte sie mit einem etwas gequälten Lächeln. »Ich möchte so viel von dir wissen. Über meinem Geschäft habe ich eine kleine Wohnung. Ich werde den Laden schließen. Dann gehen wir nach oben und können uns in Ruhe unterhalten.«

Noch während sie sprach, hatte sie aus der Schublade des kleinen Tisches ein Schild hervorgeholt: »*Vorübergehend geschlossen.*« Das hängte sie an die Türklinke. Dann nahm sie Bernhards Hand und führte ihn in einen kleinen Flur, dann über eine Treppe in ihre Wohnung im ersten Stock und dort in ein kleines, gemütlich eingerichtetes Arbeitszimmer.

»Entschuldige mich ein paar Minuten, ich mache uns nur schnell einen Tee.« Sie verließ den Raum.

Bernhard setzte sich auf ein sehr bequemes Sofa und blickte durch ein, im Verhältnis zu den Ausmaßen des Raumes, ungewöhnlich großes, mit Blei eingefasstes Wabenfenster in ein parkähnliches Grundstück, welches an allen Seiten von Gebäuden begrenzt wurde. Man hätte eine solche Oase hier, mitten in dem kleinen Ort zwischen den Häusern, nicht vermutet.

Das Zimmer wurde von einem offenen Eckkamin, mit einem Gesims aus weißem, gemeißeltem Marmor beherrscht. An der Wand über dem Kamin hing ein ovaler Spiegel mit geschnitztem, vergoldetem Rahmen. Die Wände des Raumes waren karmesinrot gestrichen und bildeten einen warmen Kontrast zu dem dicken, dunkelblauen Teppich, der fast den ganzen Parkettboden bedeckte.

Vor dem großen Fenster stand ein imposanter, schwerer Schreibtisch im Regency-Stil, der mit klassischen Reliefornamenten geschmückt war. Darauf lagen verschiedene Schriftstücke und Bücher. Links neben dem Kamin stand ein kleiner, runder Mahagonitisch mit zwei neoklassizistischen Stühlen. An allen vier Wänden des Raumes waren Bücherregale angebracht, die in einer Höhe von etwa eineinhalb Meter über dem Boden begannen und bis zur Decke reichten. Sie waren übervoll mit Büchern, die neben- und übereinander ziemlich unordentlich, wie es schien, untergebracht waren. Man sah deutlich, dass diese Bibliothek ständig benutzt wurde.

Bernhard war von der geschmackvollen Einrichtung des Raumes sehr beeindruckt, die er in diesem alten, von außen sehr bescheiden wirkenden Haus nicht erwatet hatte. Dieses Zimmer ist mehr als nur der Nebenraum eines Geschäftes, dachte er, mehr als lediglich ein Ruhe- oder Pausenraum für eine kurze Entspannung, um zwischendurch einmal eine Tasse Tee zu trinken. Nein, hier wird gewohnt! Das ist ein mit viel Liebe eingerichtetes Wohn- und Arbeitszimmer.

Bald kam Hanna wieder zurück und brachte auf einem Tablett Tee und ein wenig Gebäck. Sie deckte den kleinen Tisch, nahm auf einem Stuhl Platz und forderte Bernhard auf, sich zu ihr zu setze. Dann schenkte sie den Tee ein und sie tranken.

»Wie ist es dir inzwischen ergangen?« fragte Hanna. »Wann bist du aus dem Krieg nach Hause gekommen? Wo wohnst du jetzt? Wie hat es dich hierher verschlagen? Entschuldige die vielen Fragen, aber ich kann es immer noch nicht so recht glauben, dass ich dir hier gegenüber sitze. Du kannst dir nicht vorstellen, was ich nach dem Krieg alles unternommen habe, um dich zu finden. Und jetzt, nachdem ich längst die Hoffnung aufgegeben hatte, treffe ich dich hier in einer Gegend weitab von allem, was ich bisher mit dir in Verbindung gebracht habe.«

»Das ist ganz einfach«, sagte Bernhard und bemühte sich, möglichst unbefangen zu sprechen. »Ich mache hier Urlaub. Und zwar in dem Sommerhaus meines Freundes Norman Matthews.«

»Meinst du den Pianisten Norman Matthews?«

»Ja. Wir haben vor dem Krieg zusammen in Köln studiert.«

Hanna saß da und schwieg. Dann sagte Bernhard: »Er ist doch, wie ich gehört habe, der Lehrer deines Sohnes?«

»Ja. Ja, das stimmt«, antwortete Hanna etwas fahrig. Sie war versucht, sich Bernhard zu offenbaren, unterließ es dann aber. So sehr sie über seinen unverhofften Besuch erfreut war, so sah sie doch darin auch eine Gefahr. Nach vielen Jahren des Leidens, der Sehnsüchte, des verzweifelten Hoffens, hatte sie endlich Ruhe gefunden. Es war gewiss nicht die Ruhe und Geborgenheit, und erst recht nicht die Zufriedenheit, wie man sie in einer von Liebe bestimmten Gemeinsamkeit finden kann. Sie war bescheiden geworden. Peter Pearson hatte in den ersten Jahren nach dem Krieg seine schützende Hand über sie und ihren Sohn gehalten, hatte ihr geholfen wo er nur konnte, auch bei den Nachforschungen nach Bernhard. Als er dann 1947 aus der Armee entlassen wurde, hatte er ihr angeboten, mit ihm nach England zu kommen. Nach reiflichen Überlegungen – wobei die Suche nach Bernhard eine große Rolle spielte – hatte sie das Angebot angenommen, zumal Peter Pearson ihr versichert hatte, diese Aktivitäten auch von England aus fortsetzen zu können, wobei er ihr tatkräftig helfen werde. Seine Beziehungen sowohl zu den Militärstellen als auch zum Roten Kreuz könne er ebenso gut von England aus einsetzen wie er es in Deutschland getan habe. Das ist dann auch jahrelang nach besten Kräften geschehen.

Peter Pearson stammte aus Newcastle im Nordosten Englands und fand dort bald nach seiner Heimkehr eine gute Position in der Verwaltung der Grafschaft Northumberland. Obwohl in England zu dieser Zeit noch so manche Ressentiments gegenüber Deutschland und den Deutschen bestanden, wurde Hanna von Peters Familie – zwei jüngere, noch unverheiratete Schwestern und seine Eltern – freundlich aufgenommen. Während er in das Haus seiner Familie zog, hatte er Hanna schon von Deutschland aus, mit Hilfe seiner Eltern, eine kleine Wohnung ganz in der Nähe seines Elternhauses besorgt. Als Peter ihr dann auch noch eine Stellung in seiner Behörde beschaffen konnte, hätte sie sehr glücklich sein können. Doch die vergeblichen Bemühungen, den Vater ihres Sohnes zu finden, überschatteten auch weiterhin ihr Leben.

Nach längerer Zeit des Schweigens fragte Hanna: »Bist du alleine hier? Ich meine – ohne – ja – entschuldige meine Neugier – bist du verheiratet?«

Bernhard erhob sich, ging zu dem großen Fenster und blickte hinaus in den Garten. »Ich war verheiratet«, sagte er nach einer Weile leise. »Meine Frau lebt nicht mehr.«

»Das tut mir Leid«. Hanna stand nun ebenfalls auf und stellte sich neben Bernhard an das Fenster. »Das tut mir sehr Leid«, sagte sie noch einmal. Dann fragte sie: »Hattet ihr Kinder?«

Bernhard schüttelte mit dem Kopf und antwortete: »Angelika – so hieß meine Frau – hatte vier Wochen vor der erwarteten Geburt unseres ersten Kindes einen Verkehrsunfall. Sie wurde von einem Motorradfahrer überrollt und war sofort tot. Auch das ungeborene Kind konnte nicht mehr gerettet werden.«

»Das ist ja entsetzlich«, sagte Hanna erschüttert. »Wann ist es geschehen?«

»Vor nun bald zwei Monaten.«

Hanna wurde von zwiespältigen Gefühlen beherrscht, die sie in eine totale Verwirrung stürzten. Da stand der Mann vor ihr, dem immer noch ihre ganze Liebe gehörte, nach dem sie sich jahrelang gesehnt hatte. Aber sie war verheiratet und es schien ihr unmöglich, Peter und ihre Kinder zu verlassen, obwohl Peter mehr ein väterlicher Freund denn ein Geliebter war. Wer weiß, was aus ihr und ihrem Sohn geworden wäre ohne ihn. Nie hatte er sie bedrängt, war während der ganzen Zeit eine große Hilfe bei der Suche nach Bernhard gewesen. Erst nach vielen Jahren, als sie die Hoffnung, Bernhard ausfindig zu machen, aufgegeben hatten, als alle Wege erschöpft schienen, hatte er ihr einen Heiratsantrag gemacht und ihr auch angeboten, Bernhard zu adoptieren. Im Jahr 1952 hatten sie dann geheiratet und recht gut miteinander gelebt, wenn sie sich auch oft, immer öfter, nach ein wenig mehr Zärtlichkeit gesehnt hatte, ein Bedürfnis, das der korrekte und ehrliche Verwaltungsmann Peter Pearsen nicht befriedigen konnte. Aber dennoch wäre es ihr nie in den Sinn gekommen, ihn zu betrügen oder ihn gar zu verlassen. Auch jetzt nicht! Peter Pearson war nicht ihre große Liebe. Nein, gewiss nicht. Aber sie brachte ihm großen Respekt entgegen.

Weil sie spürte, dass es ihr immer schwerer fiel, sich zu beherrschen, ihre wahren Gefühle zu verbergen, bemühte sie sich, das Gespräch in ein, wie sie meinte, weniger emotionsgeladenes Thema zu lenken und fragte so unbefangen wie möglich: »Wie geht es deinen Eltern? Ist ihr Haus wieder aufgebaut?«

»Es war nicht ihr Haus. Sie haben dort nur zur Miete gewohnt«, sagte Bernhard, als ob das jetzt hier von Bedeutung sei.

»Wohnen sie immer noch in der Gartenlaube?«

Bernhard fragte verwundert zurück: »Woher weißt du – ich meine …«

»Ich habe sie besucht.«

»Du hast sie besucht?«

»Ja.«

»Wann denn?«

»Im Februar 1946. Genau am 19. Februar.«

»Das war ja nur zwei Tage, bevor sie …«

»Bevor sie was?«

»Bevor sie freiwillig aus dem Leben geschieden sind«, sagte Bernhard leise und zögernd. »Ich habe es auch erst nach meiner Heimkehr aus der Gefangenschaft erfahren.«

»Das ist ja furchtbar!«

»Sie konnten mit ihrem Schicksal wohl nicht mehr fertig werden. Nach dem totalen Zusammenbruch sahen sie keine andere Möglichkeit mehr.«

Bernhard ging zurück ins Zimmer und setzte sich wieder auf seinen Platz an dem kleinen Tisch. »Der Selbstmord meiner Eltern war damals kein Einzelfall in Deutschland«, redete er weiter, als wenn er die Handlung seiner Eltern rechtfertigen müsse. »Viele Menschen waren so verzweifelt, so demoralisiert, waren beschämt über die von den Deutschen begangenen Verbrechen, dass sie unter der Last dieser Ungeheuerlichkeiten nicht mehr leben konnten. Auch wenn sie keine persönliche Schuld auf sich geladen hatten.« Er trank einen Rest Tee, der noch in seiner Tasse war.

»Der Tee ist doch sicher kalt«, sagte sie. »Warte einen Augenblick, ich mache einen neuen.« Sie ging in die Küche.

»Als sie zurückkam und ihm den frischen Tee einschenkte, fragte Bernhard: »Warum hast du denn mein Eltern besucht? Wie hast du überhaupt ihre Adresse erfahren?«

Sie setzte sich nun auch wieder an den Tisch und berichtete ihm, dass sie als Sekretärin bei den Engländern in Köln gearbeitet habe und Gelegenheit hatte, ihren damaligen Chef, den Major Peter Pearson – mit dem sie jetzt verheiratet sei – auf eine Dienstfahrt nach Frankfurt zum amerikanischen Hauptquartier zu begleiten. »Ich wollte diese Gelegenheit natürlich ausnutzen, um vielleicht etwas über dich zu erfahren«, sagte sie. »Die Anschrift deiner Eltern hatten wir vorher durch das Rote Kreuz bekommen. Ich hatte auch schon mehrere Briefe an diese Adresse geschrieben, aber vergeblich auf eine Antwort gewartet.« Und nach einiger Zeit: »Das war nur eine der vielen Initiativen, die ich ergriffen habe, um mich nach dir zu erkundigen.«

»Dann bist du wohl eine der letzten Personen gewesen, die mit meinen Eltern gesprochen haben.« Ohne Hanna anzuschauen fragte er: »Wie haben sie sich verhalten? Welchen Eindruck hattest du von ihnen?«

Hanna dachte an die Situation vor der Gartenlaube der Winterbachs, damals, im Frühjahr 1946, an die Anschuldigungen und Demütigungen, die sie dabei von Bernhards Mutter erleiden musste. Sollte sie ihm jetzt davon berichten? Wäre es nicht besser, wenn er seine Eltern in guter Erinnerung behalten könnte und nicht als das durch den Krieg enttäuschte, verhärtete und ungerechte Ehepaar, dass gewiss zu dieser Zeit schon seinen Selbstmord geplant hatte? Schließlich antwortete sie nur: »Sie schienen sehr unglücklich zu sein.«

»Man sagte mir, mein Vater wäre misshandelt worden. Hast du davon etwas bemerkt?«

»Er trug seinen rechten Arm in einer Schlinge.«

Bernhard saß an dem kleinen Tisch, trank ab und zu einen Schluck Tee und schaute scheinbar intensiv auf die Tischplatte. In Wirklichkeit blickte er aber ins Leere und fühlte sich recht unbehaglich, weile er keine Worte finden konnte, um die ins Stocken geratene Unterhaltung fortzusetzen. Hanna stand am Fenster und wandte ihm den Rücken zu. Es war eine jener Situationen entstanden, wo der Gesprächsfaden gerissen ist, wo jeder nach einer Fortsetzung der Unterhaltung sucht aber eine unerklärliche Blockade nicht durchbrechen kann. Da waren nun zwei Menschen in einem Raum, die in einer ganz besonderen Beziehung zueinander standen, die nichts sehnlicher wünschten, als nun, nach all den Jahren des Suchens, des Hoffens und der Enttäuschungen, sich nicht noch einmal zu verlieren. Hanna war verzweifelt. ›Warum ist er nicht eher gekommen‹, fragte sie sich. ›Warum konnten wir nicht rechtzeitig zusammen finden?‹ Nichts würde sie lieber tun, als alles stehen und liegen lassen und sich mit Bernhard in ein neues, gemeinsames Leben stürzen. Was im Herbst 1944 begonnen hatte, war trotz der erzwungenen, langjährigen Trennung nie erloschen, war durch so genannte »Vernunft« nur in den Hintergrund gedrängt worden, wo es aber im Stillen weiter existierte, insgeheim sogar an Intensität zunahm, zunächst unbemerkt, aber nun mit umso größerer, fordernder Gewalt über sie hereinbrach. Aber Peter Peaerson stand groß und übermächtig zwischen ihnen.

Nachdem sie mehrere Minuten geschwiegen hatten, sagte Hanna unvermittelt und ohne sich Bernhard zuzuwenden: »Ich kann Peter und die Kinder nicht verlassen.«

»Natürlich nicht«, sagte Bernhard leise.

Wieder Schweigen. Langes Schweigen. Beide waren voller Gedanken, voller Worte, die sich in ihnen stauten, die sie aussprechen, ja, hinausschreien wollten – aber sie waren verstummt, unfähig das zu sagen, was in ihnen seit vielen Jahren herangereift war. So entfernten sie sich durch ihr Schweigen immer mehr voneinander. Die Zeit verging und damit auch die Gelegenheit, die Chance dieses lang ersehnten, aber nun zu unverhofften Zusammentreffens zu nutzen.

Nach einer langen Zeit, die beiden wie eine Ewigkeit erschien, wo Hanna fast unbeweglich am Fester stand und hinausblickte, erhob Bernhard sich langsam und sagte: »Jedenfalls habe ich mich sehr gefreut, dich einmal wieder zu sehen. Jetzt werde ich mit der Gewissheit nach Hause fahren, dass es dir gut geht, dass du nach all den schrecklichen Jahren deinen Platz gefunden hast. Damals, 1944, mussten wir uns trennen, weil die Umstände uns keine andere Wahl ließen. Ich werde die Szene nie vergessen können, als du hastig aus meinem Zimmer gestürmt bist. Jetzt nehmen wir ein zweites Mal voneinander Abschied.« Er ging auf sie zu, nahm ihre beiden Hände und fuhr mit einem etwas verkrampften Lächeln fort: »Nicht mehr so dramatisch wie damals. Die Zeiten sind ja auch inzwischen etwas ruhiger geworden.«

Sie blickten sich an. Er sah, wie ihre Augen feucht wurden.

Dann umschlang sie plötzlich seinen Hals und sie küssten sich wild und leidenschaftlich.

Als sie sich voneinander lösten, sagte Bernhard übertrieben sachlich: »Es ist schon spät geworden. Ich habe noch einen weiten Weg vor mir.«

»Wirst du mich noch einmal besuchen? Ich wohne während der Woche fast immer hier. Nur über das Wochenende bin ich in New Castle.«

»Ich komme sicher noch einmal hierher.«

»Wann?«

»Vielleicht in einem Jahr.«

»Wolltest du nicht noch länger hier in Northumberland bleiben?«

»Ich denke es ist besser, wenn ich jetzt so schnell wie möglich wieder nach Hause fahre.«

Er wandte sich zum Gehen. »Ich bringe dich noch hinaus«, sagte sie. Gemeinsam verließen sie die Wohnung, gingen die schmale Treppe hinab, durch den Flur und dann hinaus auf die Straße.

»Sieh nur das wundervolle Abendrot«, sagte die Frau. »Wir werden morgen einen schönen Tag haben.« Und nach einer Weile: »Willst du mir nicht deine Adresse in Deutschland geben?«

Er lächelte und sagte: »Die Wohnung in Frankfurt habe ich nach dem Tod Angelikas aufgegeben. Ich wollte nicht mehr darin leben. Sobald ich wieder sesshaft bin, werde ich dir meine Anschrift mitteilen.«

Sie blickte ihn etwas zweifelnd an. Dann reichten sie sich die Hände. So standen sie sich lange gegenüber. Jeder schien auf ein Wort des anderen zu warten. Aber sie blieben stumm. Schließlich zog die Frau schnell, fast etwas hastig ihre Hände zurück und ging schnell ins Haus.

Bernhard verweilte noch einen Augenblick, als ob er nicht wisse, was jetzt zu tun sei, bevor er langsam durch die hereinbrechende Dämmerung den Heimweg antrat.